U0536501

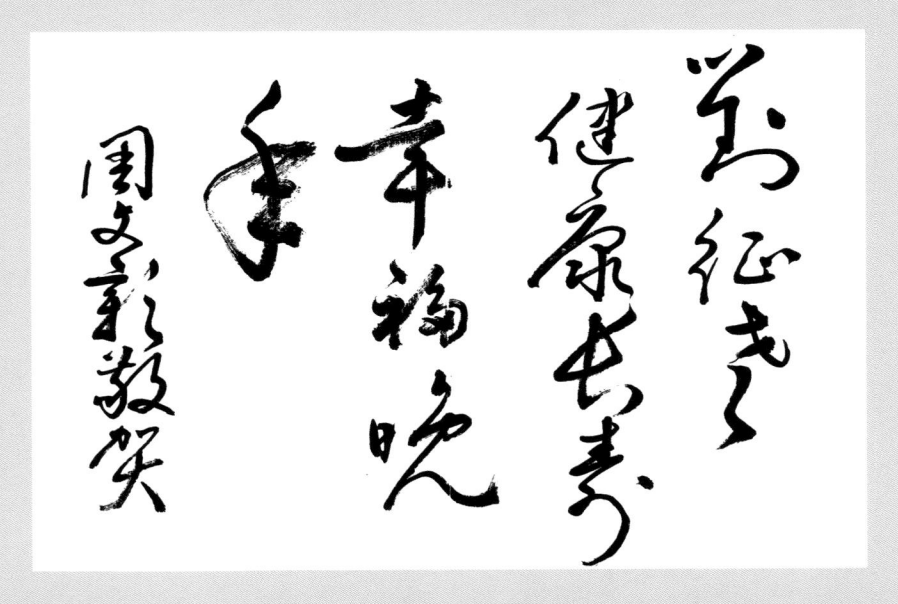

周文彰书法

离园久矣念未忘
剑仙

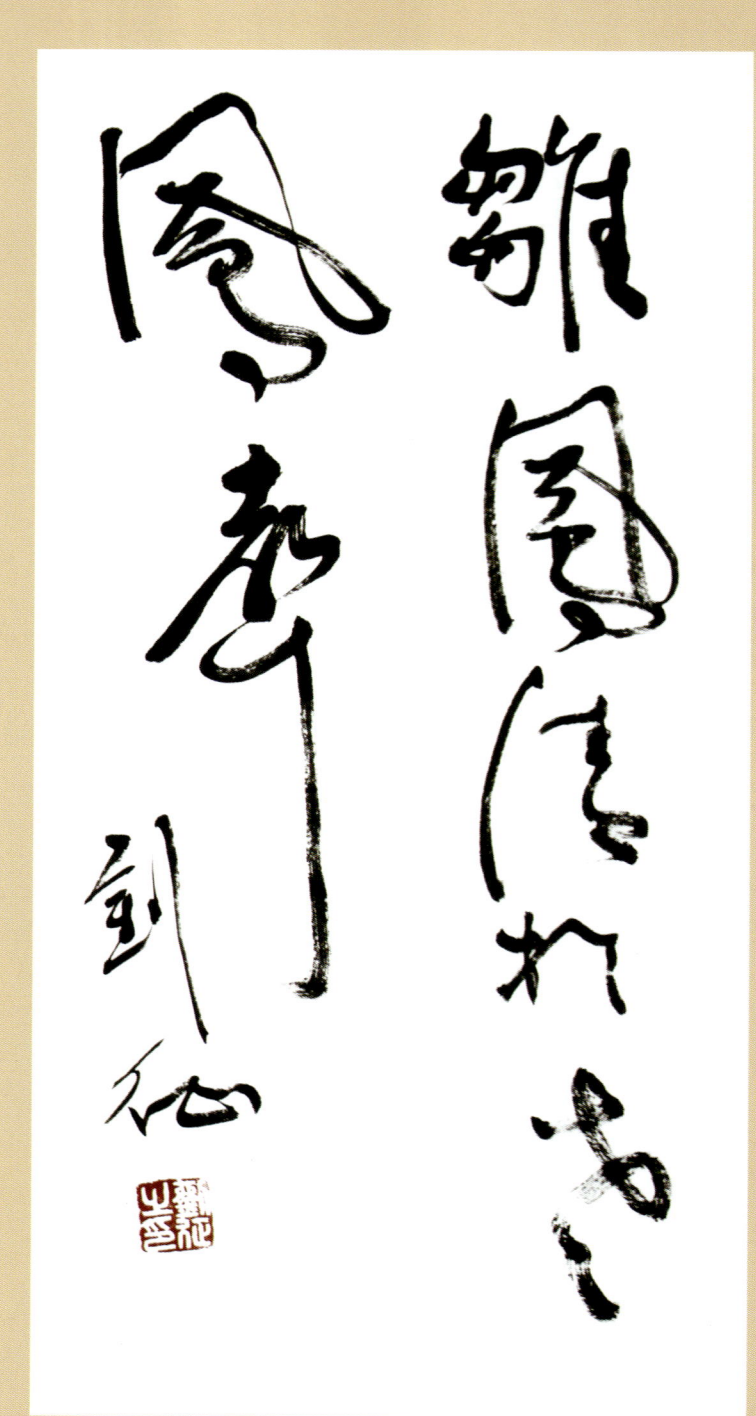

刘征书法

会当凌绝顶　一览众山小

刘征书法

天高水远迴荡藜峨，斗室谁甘世婆娑？
残菜贫瘠遥望枝，饰年不计去时多。
肉鸡怎壮犹起舞，引吭与亨歌放歌。
四海翻腾风雨骤，思投碧浪化微波。

寺年抒怀一律，抄奉
刘征同志教正

臧克家
七七年元月

臧克家书法

◎《中华诗词》类编

刘征青年诗人奖获得者巡展

《中华诗词》杂志社 编

图书在版编目（CIP）数据

雏凤清于老凤声：刘征青年诗人奖获得者巡展/《中华诗词》杂志社编. — 北京：中国书籍出版社，2022.10

（《中华诗词》类编；9）

ISBN 978-7-5068-9206-3

Ⅰ.①雏… Ⅱ.①中… Ⅲ.①诗集—中国—当代②诗歌评论—中国—当代 Ⅳ.①I227②I207.22

中国版本图书馆CIP数据核字（2022）第175398号

雏凤清于老凤声：刘征青年诗人奖获得者巡展
《中华诗词》杂志社　编

策划编辑	师　之
责任编辑	盛　洁
责任印制	孙马飞　马　芝
封面设计	张亚东
出版发行	中国书籍出版社
地　　址	北京市丰台区三路居路97号（邮编：100073）
电　　话	（010）52257143（总编室）　（010）52257140（发行部）
电子邮箱	eo@chinabp.com.cn
经　　销	全国新华书店
印　　刷	廊坊市金虹宇印务有限公司
开　　本	787毫米×1092毫米　1/16
字　　数	159千字
印　　张	13
版　　次	2022年10月第1版　2022年10月第1次印刷
书　　号	ISBN 978-7-5068-9206-3
定　　价	432.00元（全9册）

版权所有　翻印必究

刘 征

铺路石（代序）

百岁欠十年，一个老书生。
依然舞文墨，人老心尚婴。
有诗一大摞，照世微如萤。
成就问几何，寸心较重轻。
一块铺路石，粗糙且多棱。
古今诗歌路，不息向前行。
欣逢大时代，直欲化鲲鹏。
耳边风雨骤，奔来万马声。

目录

刘　征｜铺路石（代序）　1

首届刘征青年诗人奖

刘如姬｜桃花　2
　　　　乡居即事（选一）
　　　　　黄昏　2
　　　　登山一组（选二）　3
　　　　山居冬日　3
　　　　是夜有感　4
　　　　感事　4
　　　　无题　4
　　　　浣溪沙·夏之物语（选二）　5
　　　　风入松·初秋新雨用曾峥兄韵　5
　　　　蝶恋花·春游龟山　6
　　　　清平乐·夏夜（选一）　6
　　　　清平乐·山楂树之恋　6
　　　　西江月·六月　7
　　　　踏莎行·山行　7
丁国成｜刘如姬论　8
朱思丞｜哨所梅花　13

演习见闻　13

跨区机动演习　13

站岗　14

军校毕业赠别　14

奇袭指挥所　14

巡边官兵　15

随军再赴科尔沁途中　15

巡边　15

查古拉哨所官兵　16

夜巡　16

阵地防御　16

忆冬夜边界巡逻　17

查岗　17

砺剑联合军演　17

西江月·联合夺岛演习　18

西江月·特种兵　18

采桑子·参加朱日和军演　18

范诗银 | 朱思丞论　19

吴宗绩 | 西沙情思　23

三沙哨兵　23

元旦感吟　23

游春　24

海滩小憩　24

登九华山　24

祖父乡邮轶事　25

海王子诗词峰会　25

诗词峰会留别诸师友　25

三沙渔歌　26

夜宿三亚青龙湾　26

细沙村观海　26

娇儿半夜哭闹有作　27

老师接送学童过江　27

孩童　27

芦花　28

乘机赴延安参加青春诗会　28

浣溪沙·游东坡书院　28

浣溪沙·题《松涛天湖》图兼寄吴文生先生　29

浣溪沙·参加中央社院中华文化研修班感咏　29

林　峰（北京）| 吴宗绩论　30

李恒生 | 彝山小放羊　34

又回儿时放羊之地　34

家乡秋景　34

虞美人·冬夜　35

喇叭花　35

西山小莲池　35

月夜　36

临江仙·春暮游彝海公园　36

垂钓　36

彼岸花　37

玉坠　37

　　　　　七夕之夜与家养小兔共度　37

　　　　　卜算子　38

　　　　　南乡一剪梅·往事　38

　　　　　鹧鸪天·游家乡美景　38

　　　　　鹧鸪天·西山抒怀　39

　　　　　喝火令·空相忆　39

　　　　　江城子·西山桃花吟　39

潘　泓｜李恒生论　40

韦天罡｜酒后寄燕无双　44

　　　　　重阳　45

　　　　　故人索句以寄之　45

　　　　　寄洪城诸君　45

　　　　　寻梅　46

　　　　　送二弟回警校　46

　　　　　十年同学会　46

　　　　　迟眠　47

　　　　　端午酬吴直明兄邀饮　47

　　　　　过镇宁县怀故人　47

　　　　　再见芭猫冲　48

　　　　　初秋独访梅花书院忆前事　48

　　　　　浪淘沙·惊蛰　48

　　　　　临江仙·寄燕无双　49

宋彩霞｜韦天罡论　50

倪昌盛｜登高抒怀　54

　　　　　愚人节戏作　54

雨日　55

　　无意翻出小学时的红领巾，乃为之感作　55

　　无题　55

　　雪夜　56

　　寄同事　56

　　淮安之夜　56

　　感觉夏来了，已开始穿短袖上班　57

　　秋日回乡下老家　57

　　听一支歌，想起青岛打工岁月　57

　　夜观大运河　58

　　休息日回老家闲转，时近中元也　58

　　城市夜行遇雨　58

　　"房奴"　59

　　清洁工　59

刘庆霖｜倪昌盛论　60

刘如姬｜减字木兰花·获刘征青年诗人奖后呈刘征老　64

朱思丞｜获刘征青年诗人奖并寄刘征老师　64

倪昌盛｜颁奖归来寄刘征老先生　65

吴宗绩｜浣溪沙·获奖归来敬赠刘征老　65

李恒生｜西江月·致敬刘征老　66

韦天罡｜致刘征老师　66

第二届刘征青年诗人奖

罗金龙｜新中国成立70周年盼台湾统一　68

　　竹枝词·访贫　68

老屋　68

江陵渡　69

春兴　69

大洋湾乘舟赏樱　69

舟过夔门　70

感遇　70

登长沙杜甫江阁有怀少陵　70

三袁故里行　71

春游桃花山　71

西江月·三月乡村纪实　71

卜算子·与台胞饮　72

浣溪沙　72

如梦令　72

卜算子·新柳　73

卜算子·己亥七夕　73

虞美人·得佳砚喜而有作　73

范诗银｜罗金龙论　74

李伟亮｜杂诗　78

上元夜小区看烟花　78

春日采野菜　78

上班　79

武汉东湖遇雨　79

黄昏海滩　79

釜山秋日即景　80

后桥绝句　80

夏日绝句　80

京华散木兄赠正山堂金骏眉　81

回保定乘K字火车　81

鸽子窝公园携妻子看海　81

晨起邛海湾写生　82

象山堂　82

洗心堂　82

丁酉腊月还乡偶题　83

深秋答海天一兄初秋见赠　83

赋闲　83

贺新郎·元韵奉和弓月先生与半亩塘诸君游白洋
　　淀韵　84

水调歌头·白洋淀夜放河灯　84

林　峰 | 李伟亮论　85

王文钊 | 出国前赠绿园诗社诸友　89

"滴滴事件"有感　89

浣溪沙·匆匆那年　90

浣溪沙·听西楼《孩子》　90

浣溪沙·夜读有感　90

浣溪沙·吃货的七夕　91

浣溪沙·雨夜　91

浣溪沙·和妈妈遛弯聊天　91

菩萨蛮·夜宿峨眉山　92

清平乐·中央公园　92

人月圆·记元宵节煮汤圆糊锅　92

少年游·译叶芝"Down by the Salley Gardens" 93
临江仙·致某 93
临江仙·赠友 93
蝶恋花·记逛吃与唱歌 94
风入松·阿瓦隆公园 94

刘庆霖 | 王文钊论 95

李俊儒 | 江上四绝句 99
题家中书柜 100
散课后见春花已开 100
与某共赴胡桃里音乐酒馆 100
七月十一日大雨 101
深夜论诗后寄肖兄志寒 101
夜对大江 102
北京疫情重发遂不得归 102
虞美人·课间华尔兹 102
余每岁冬日辄携友登岳麓山,今年因疫而阻,忆
　前年雪日旧游,慨然作歌 103
鹧鸪天·秋晚的时空定格 104
蝶恋花·同桌的明信片 104

潘　泓 | 李俊儒论 105

郭小鹏 | 谒盐城陆公祠怀陆秀夫 109
闻农民工为省路费不回家过年 109
秋日归乡与妻携儿山野漫步有忆 110
有感于小儿开学前夜补作业 110
过老村忆儿时捉迷藏 110

春晨漫步盐渎公园　111

暮春归乡　111

母亲不知有母亲节　111

雨后秋晨　112

高中同学二十年小聚　112

清明假期开车自黔返潍　112

工地因雪停工偶闲　113

毕业20年后重游济南泉城公园　113

出差铜仁过长沙偶遇家妹　113

水调歌头·回家过年　114

八声甘州·读明史有感　114

武立胜｜郭小鹏论　115

李　洋｜山中　119

某幼教班　119

无题　119

日记　120

夏洛特烦恼　120

风筝　120

小女初学琴　120

送小女升学　121

重回故校　121

游夜樱园，闻花期七日后作　121

山居独酌　122

某君　122

记事本　122

　　　　　雪夜加班途中　123
　　　　　爷爷的半瓶战地茅台　123
　　　　　车辆保养之旧轮胎　123
　　　　　鹧鸪天·蝴蝶花　124
　　　　　鹧鸪天·老屋　124

宋彩霞 | 李洋论　125
刘　征 | 听六青年诗友诵所赠诗词二首　129
罗金龙 | 获第二届刘征青年诗人奖和刘征前辈二首　130
李伟亮 | 元韵奉和刘征老师绝句二首　130
王文钊 | 获第二届刘征青年诗人奖和刘征老师二首　131
李俊儒 | 奉和刘征老二首　131
郭小鹏 | 获第二届刘征青年诗人奖有感步韵刘征老　132
李　洋 | 获第二届刘征青年诗人奖和刘征老　132

贺刘征老九五华诞

高　昌 | 寿星明·贺刘征老师九五华诞　134
范诗银 | 谢刘征老赠撰并书联　134
　　　　 浣溪沙·贺刘征老九五大寿　134
林　峰 | 刘征老九五华诞　135
刘庆霖 | 鹧鸪天·贺刘征先生95岁华诞　135
宋彩霞 | 最高楼·恭贺刘征老九五华诞　136
李赞军 | 　136
潘　泓 | 清平乐·贺刘征老九十五岁华诞　137
胡　彭 | 恭贺刘征老95大寿　137
何　鹤 | 贺刘征老九五大寿　138

张亚东 | 刘征老九五大寿　138

王丽萍 | 恭贺刘征老九五大寿　139

郑　欣 | 139

附　录

臧克家 | 臧克家致刘征书信　142

潘　泓 | 新天恰待翻新曲——老主编刘征先生访谈　161

潘　泓 | 刘征访谈　169

高　昌 | 跨越七十年的甜蜜和美好

　　　　——刘征老师和李阿龄老师的爱情故事　173

首届刘征青年诗人奖

刘如姬

桃 花

枝上小娉婷，东风吹欲醒。
崔郎辜负了，哪朵是曾经？

乡居即事（选一）

黄 昏

鸡鸣青石巷，犬出白柴扉。
农人鞭暮色，相与老牛归。

登山一组（选二）

日影投斑驳，飞禽划薄烟。
林深风澹澹，溪浅水涓涓。
丑石横生趣，虬枝斜入禅。
云来观自在，物我两悠然。

好山留妙境，只待我相寻。
枕石得禅意，濯泉生静吟。
闲云游未定，野鸟去无心。
欲向更深处，斜阳已满襟。

山居冬日

近午云犹积，前溪冻不舒。
有风鸣盖瓦，无事罢耕锄。
木落千林薄，雪余三径疏。
忽闻邻犬吠，远客至山庐。

是夜有感

儿时未解祷平安，到底平安祷亦难。
生死于今看已惯，一轮孤月射清寒。

感　事

新闻又报北京连天雾霾，时人多戴口罩上街。又闻有欲售新鲜空气者。

口罩屏前殊可亲，如何佳气亦论斤？
愿抓一把闽山绿，洒向京华作邓林。

无　题

莫把吴钩莫拍栏，闲愁同我自无关。
才虽八斗拘于势，命不百年论与棺。
蝼蚁生涯催白首，庙堂心事许青山。
诗狂欲作骑鲸客，直御长风揽月还。

浣溪沙·夏之物语（选二）

拾起蛙声入梦乡，童谣荡过老桥梁。儿时脚印一行行。风语叮咛花骨朵，星眸闪烁夜橱窗。银铃街口响叮当。

垒个沙堆就是家，采兜桑葚味堪夸。红红脸蛋笑开花。天上一窝云朵朵，河边几个脚丫丫。手中闲钓篓中虾。

风入松·初秋新雨用曾峥兄韵

爬山虎满木轩窗，青翠尾巴长。风随竹影来檐角，又吹皱，秋草池塘。半亩残荷留韵，一阶微雨生凉。　　谁人蓑笠石桥旁，独立钓苍茫。山披烟雨形容淡，看些回，牛鼻浮江。云外雁排人字，小村烟抹诗行。

蝶恋花·春游龟山

梨杏初开春小小。袅袅垂杨,青到龟山岛。却问春声谁报导?枝头已唱黄鹂鸟。　　草地茸茸奔宝宝。暖暖阳光,满在眉间曜。如洗蓝天鸣鸽哨,鸽群飞向云怀抱。

清平乐·夏夜(选一)

夜澄如水,四野虫声脆。蒲扇摇来风细细,闪闪繁星欲睡。　　月儿爬上林梢,阿婆唱起歌谣。隐约清溪渔火,稻花香到浮桥。

清平乐·山楂树之恋

纯真小鸟,一去无回了。记得初逢春未老。衣上落花多少。　　天涯芳草斜阳,单车骑向何方。谁与山楂树下,那些青涩时光。

西江月·六月

　　竹影扫描六月，蛙声褶皱阳光。蜻蜓蘸过小荷塘，惹得波心轻荡。　　稻簇梯田初穗，花镶野径犹芳。垄风肆意绿铺张，青到白云之上。

踏莎行·山行

　　且听松吟，且招鹤友，且行且住风盈袖。逃禅且枕石根眠，清泉一勺浮岩岫。　　有月邀杯，拿云下酒，花前对酌花依旧。且同山鸟话悠然，茫茫天幕星如豆。

| 雏凤清于老凤声 |

刘如姬论

丁国成

刘如姬以获评委全票而赢得首届"刘征青年诗人奖特别奖"。她的诗词，已经初步形成温婉、清新、柔媚的独特风格。而艺术风格是诗人作家成熟的重要标志。这在青年作者中殊非易事。

古人论诗，注重人品与诗品统一，讲究为人同为诗一致。"爝火不能为日月之明，瓦釜不能为金石之声"（宋·陆游）。"有第一等襟抱、第一等学识，斯有第一等真诗"（清·沈德潜）。刘如姬是2012年度《中华诗词》"青春诗会"的获奖者之一，近几年来，常有佳作问世，早就出乎其类、拔乎其萃。而她最为不同凡俗之处，恰恰是她的人品高、襟抱广，密切关注社会现实，努力反映民众呼声，真可以说是心如日月，其诗如日月之光。例如《感事》："口罩屏前殊可亲，如何佳气亦论斤？愿抓一把闽山绿，洒向京华作邓林。"诗人从新闻报道中看到"北京连天雾霾，时人多戴口罩上街。又闻有欲售新鲜空气者"，这本寻常。环境污染，虽经治理，却仍严重，首都亦难幸免。人们大多习以为常。而诗人则突发奇想："愿抓一把闽山绿，洒向京华作邓林。""邓林"系用典：古人神话"夸父逐日"，道渴而死，"弃其杖，化为邓林"。诗人愿将家乡闽山之绿，"洒向京华"，绿化首都，以让市民安居乐业。诗中创造的是诗的意象。

"雾霾"表明环境污染和生存困境，"闽山绿"则象征社会所有和能力所及，"邓林"更是美丽生态与适宜人居的象征；意在表达诗人对生存条件恶化的深沉忧虑和盼世人生活幸福的真诚祈望。诗品反映人品。作品中的美好祝愿，正好表现出诗人的博爱情怀与高尚襟抱。

由于关注现实，刘如姬的诗词大都充满社会实感，富有生活情趣。南朝刘勰说过："山林皋壤，实文思之奥府。"宋代杨万里也说："闭门觅句非诗法，只是征行自有诗。"文思诗兴存在于山林原野、社会现实之中。诗人只有投身客观世界、深入人民群众，从中汲取诗情，方能写出好诗。刘如姬的诗词来自日常生活，因而具有浓郁的生活气息。《浣溪沙·夏之物语》之五："垒个沙堆就是家，采兜桑葚味堪夸。红红脸蛋笑开花。　　天上一窝云朵朵，河边几个脚丫丫。手中闲钓篓中虾。"词中所写，让人如临其境："垒个沙堆就是家"，显然是写儿童玩沙，垒沙为家，自得其乐。"采兜桑葚味堪夸"，既有住家，不能无食，故"采桑葚"，且"味堪夸"，自然乐上加乐，脸"笑开花"。"天上一窝云朵朵，河边几个脚丫丫。"云彩通常称"片"：如"片云天共远，永夜月同孤"（杜甫），"朝见一片云，暮成千里雨"（孟郊）；一般论"窝"，多指小的动物（幼仔），"云朵朵"也来论"窝"，一个量词，便将天上云朵动物化了，刚好与地下河边的"脚丫丫"相映成趣，衬托出儿童的贪玩、好动。"手中闲钓篓中虾"，玩沙、采果之外，还要钓虾，又图一乐。全词描写儿童河边戏耍，极尽其乐，充分表现出现代儿童的幸福童年。

刘如姬诗词的艺术特色，是她善于精选典型细节，借以写意抒怀。诗词囿于篇幅，不宜贪大求全；纵然长调，文字也很有限，只能以少总多，由小见大。而且，诗歌作为文学艺术，必须遵循艺术规律，运用形象思维，要让形象说话，切忌抽象化、概念化。而精选典型细节，正是创造艺术形象、避免空洞浮泛的重要途径。刘如姬深谙此中三昧，总是用心选择富有表现力的具体细节，着意加以描绘，创造鲜明、生动的诗的形象。例如《浣溪沙·夏之物语》之四："拾起蛙声入梦乡，童谣荡过老桥梁，儿时脚印一行行。　风语叮咛花骨朵，星眸闪烁夜橱窗。银铃街口响叮当。"此词所写的，是作者对儿时的美好回忆，表达的是自己的欢乐童年。夏天儿时的赏心乐事，定然很多，数不胜数。诗人只选较有代表性的"蛙声""童谣""脚印""花骨朵""星眸""银铃"等几个细节，略加点染，即成意象，生龙活现。"蛙声"如鼓，极具吸引力，能进儿童梦乡，故说"拾起"：一个"拾"字，便使听觉转为触觉——用的是通感手法。"童谣"如歌，极具诱惑力，可陪儿童游荡：以"童谣"指儿童——用的是借代手法。"脚印""行行"，留下永久印迹——直到如今，诗人仍然难以忘怀。"花骨朵"是爱美女孩更感兴趣的品种：夏风软语，轻摇花朵；"叮咛"什么？则只可意会，不易言传，令人想起古诗有所谓"丁宁红与紫，慎莫一时开"（唐·韩愈）。明眸闪烁，犹如星光；笑声清脆，好似"银铃"。作品只用几个细节，就将童年欢乐写得有声有色、有光有影，直令读者恍同耳闻目见。这里的细节并不细小，就是因为通过细节描绘，不仅重现当年情境，而且表现了一个儿童时代，真可以说是"纳须弥于芥子，藏日月于壶中"（清·吴雷发）。

　　所有文学创作都是语言的艺术；而诗词为尤然。故而唐代韩愈有去陈言之说；宋代王安石有"诗家语"之论。实质就在一个"新"字。我曾说过："诗家语的超凡脱俗，具体表现在：它可以省略句子成分，但决非句子残缺不全；它可以省略句子成分，但决非作品文理不通；它可以改变任何词汇性质，但绝非作者用词不当；它可以打乱任何诗句排列，但绝非驴唇不对马嘴……好像任性而为，其实不离约束；看似自由挥洒，实有规矩限制：一切根据表情达意的需要，遵循自然格律的要求。"（《民歌与诗歌》）刘如姬特别注重创造"诗家语"。她的诗词语言能将明朗与含蓄、通俗与高雅辩证地统一起来，达到了格律森严却又灵活多变，明白晓畅而能余味无穷。《西江月·六月》堪称"诗家语"的典范之作："竹影扫描六月，蛙声褶皱阳光。蜻蜓蘸过小荷塘，惹得波心轻荡。　稻簇梯田初穗，花镶野径犹芳。垄风肆意绿铺张，青到白云之上。""扫描"一词，颇为新颖别致：本属电器科技术语，移来形容竹影，不仅顿使作品增强现代气息，而且也使自然景象涂上一层科技色彩。夏风摇竹，亦如电器屏幕上的"竹影扫描"，真实而又准确地写出六月竹林的繁茂和竹影的浓重。而竹影浓重又隐含阳光强烈，为下句埋下伏笔："蛙声褶皱阳光"。"褶皱"一词，亦系借用，原来多以说人脸上皱纹，移来形容阳光。"褶皱阳光"，谁人见得？纯为诗人想象。六月盛暑，炎逼蛙声聒噪——诗人偏要正话反说：蛙声聒噪，才使阳光褶皱。破空而来，想出天外，实际是说盛暑阳光刺眼，遂有"褶皱"之喻。"稻簇梯田初穗，花镶野径犹芳"，"簇"是量词，这里用作动词；"穗"是名词，这里用作动词；"芳"是形容词，这里亦作动词，全都改变词性。"垄风肆意绿铺张，青到白云之上"，"铺张"，原意是说讲究排场、过于渲染，常用贬义；这里的"肆意绿铺张"，表面贬之，实则褒之：颂扬六月里庄稼生产茂盛、青苗预示丰年。以贬为褒，独出心裁。由于打破了语言的传统规矩与习惯用法，作品所写尽管仍属习见常闻，却能别开生面，让人耳目一新。

　　但愿刘如姬永不满足已有成绩，戒骄戒躁，再接再厉，不断完善自己的艺术风格，立志攀登中华诗词的艺术峰巅！

2018年第7期

朱思丞

哨所梅花

根结千寻土，枝迎万里霜。
国门冰雪里，有我傲寒香。

演习见闻

夜至指挥所，沙盘人去空。
电台询所在，答在炮声中。

跨区机动演习

朝赴南沙日并驰，夕飞黑水列雄师。
不知北国枫红早，疑是青山插战旗。

站　岗

乱石穿微径，凄风昼夜号。

千秋称绝地，一眼辨纤毫。

劈雪江抽剑，经霜草似刀。

边山前列队，只有步枪高。

军校毕业赠别

常拭丹心不染尘，四年风雨苦为邻。

一身军绿别离后，种出边疆万里春。

奇袭指挥所

喝令缴枪手举时，何来劲旅费猜疑。

撤前听敌电台响：军长行将到你师。

巡边官兵

边陲临九月,塞雁带霞飞。
路远风传讯,天寒人未归。
岗亭生薄雾,落日散余晖。
知在群山里,丹枫绕四围。

随军再赴科尔沁途中

夜宿辽家堡,朝辞瘦马湾。
芜蒌连黑水,胡雁走红山。
朔漠高情在,战旗千里还。
长风如有意,吹寄暮云间。

巡　边

浩歌翻白雪,落日界碑前。
霜重棘林矮,鸟稀关所偏。
风收山现马,影过草凝烟。
枪刺挑寒月,星沉一线天。

查古拉哨所官兵

营门无寸草，穷目逐云鸿。
未觉三春暖，惟陪四季风。
夜巡随皓月，晨起守长空。
闻说边陲苦，悠然一笑中。

夜　巡

棘林裹霜冷，山裂见枯松。
月出石挥刃，夜沉江引弓。
征程战靴下，北斗寸眸中。
风歇断蓬响，榛荒起塞鸿。

阵地防御

身陷重围枪覆砂，连天炮火映残霞。
终宵固守援军至，我与弹坑同戴花。

忆冬夜边界巡逻

戍边守要自从容,夜半持枪踏断蓬。
月洒银霜边境线,人行幽径乱林中。
巡查国界沿江畔,引动豪情借北风。
遥想神州花月夜,万家灯火照晴空。

查　岗

虫鸣渐隐四更天,蓦岭乘烟登故关。
问令唤来林涧鸟,口衔明月也巡山。

砺剑联合军演

檄羽频催霜叶红,电波传唤满天星。
誓师旗下枪集会,防护壕前炮点名。
万里硝烟图上起,三维烽火网中生。
尚疑拂晓风声紧,已报班师夜未明。

西江月·联合夺岛演习

抵进战机轰炸,平推炮火延伸。指挥舱内聚三军,正向目标接近。　传令舰船封海,会攻杀气冲云。电磁屏蔽敌慌神,片刻硝烟散尽。

西江月·特种兵

伞降直驱敌帐,风驰横扫援兵。冷枪狙击敌心惊,潜水攀岩下井。　处处心明眼亮,常常昼伏夜行。听闻台海恶风生,只待一声号令!

采桑子·参加朱日和军演

烽烟滚滚枪声响,炮火前倾。铁甲轰鸣。步坦协同过弹坑。　前军破敌营防线,突遇援兵。警讯连声。急令增援信号升。

朱思丞论

范诗银

    杜甫曾经十分自豪地在给次子《宗武生日》的诗中写道："诗是吾家事，人传世上情。"韩愈则极为谦虚地在给同事《和席八十二韵》的诗中写道："多情怀酒伴，余事作诗人。"杜甫经营"吾家事"成了"诗圣"，韩愈经营"余事"也成了"唐宋八大家之首"，都可以说是实至名归。相比这两位巨擘，朱思丞虽然只能遥望其项背，但却是幸运的。他外祖父年轻时曾教过私塾，尔后又执教新学，喜读古文古诗。耳濡目染，朱思丞小小年纪，就被带上了古诗词的学习与创作之路，打下了厚实的文化底子。从军后，他由士兵一举考上军事院校获得本科学历，由野战部队基层军官一举考上南京陆军指挥学院获得硕士学位，并凭借优异成绩，毕业时直接留在学院政治部工作，后又转行做了军事理论教学与研究的教员。从而走上了一条军人与诗人离得最近的平行线，极自然地将"诗是吾家事"与"余事作诗人"连接在了一起，也就极自然地成长为一位优秀的青年军旅诗人。

    朱思丞的非"余事"，当然是以执勤为常态的战备训练，以读书为常态的学习生涯，以码文字为常态的机关工作，以执教鞭为常态的教学并兼及军事理论研究。他求学路上的《新时期我国"大众战争观"研究》被评为全军优秀硕士论文；他日常工作成绩，可以由发表在报刊媒体的六十余篇内容涵盖政治、哲学、军事、科技等多领域的各类文章来证明。其中，《试析马克思主义大众化的现实困境及对策》《从哲学角度认识基于信息系统体系作战的"合"与"分"问题》《论新时期我党对"战争与和平"的认识及贡献》《试析马克思主义军事理论大众化的着力点——对大众战争观的价值认识及理论探讨》等论文，获得了学院名作奖、一等奖、二等奖；参与国家教育部的重点课题和两部专著《转型中的军事学研究生教育》《〈孙子兵法〉导读》的研究和写作，则为他的教学与科研涂抹了重彩的一笔。这些，虽不能与韩愈的参与平淮西、出镇州赫赫功绩相提并论，也不能与杜甫的三献《大礼赋》相媲美，但作为承平盛世的年轻军人、学子、教官，已是十分可观的成绩了。

朱思丞的"吾家事"可以用成绩斐然来形容。十多年来，他创作传统诗词上千首，有五百多首发表在海内外近百家报刊上，还获得了三十多种各类奖项。其中，有全国范围的2015年《中华诗词》青春诗会谭克平青年诗词奖第一名，全军范围的第二届当代军旅诗词奖二等奖。也有地方组织的"诗韵中国·美丽镇江"全国诗词大赛一等奖，以及徐州市首届十佳诗人称号等。2018年，经过"糊名"初评、终评，朱思丞获得全国范围的首届中华诗词刘征青年诗人奖。

朱思丞的诗是战斗军人的诗。读读他的诗的题目，仿佛走进了军营，走进了军人们火热的生活。如《哨所梅花》《查古拉哨所官兵》《奇袭指挥所》，诗人就从这铁打的营盘走来，把自己稚嫩的青春岁月留在了那里；《巡边官兵》《夜巡》《忆冬夜边界巡逻》，诗人凝结着寒霜的枪挑着清冷的边月，把一幅矫健的剪影留给了祖国最边远的那块土地；《阵地防御》《攻占192高地》《江城子·急行军》，诗人屹立在硝烟里，任疾风把摇山动地的呼喊吹送到远方；《跨区机动演习》《采桑子·参加朱日和军演》《西江月·联合夺岛演习》，诗人跃过那坡那山那崖，把获胜后的微笑雕刻在淬过火的大地上；《边防调研见闻》《随军再赴科尔沁途中》《军校毕业赠别》，诗人捕捉着关乎军队和国防建设的点点滴滴，把敏锐的目光注入到了一行行的诗句里。朱思丞的诗远不止这些，他以诗人的怜悯之怀，关心着自己身边的那些人和那些事。比如，《都市建筑工》："戴月扶霜衣正单，犹嫌米贵半饥餐。"《雨中游圆明园》："雨打残垣百年后，仍流清泪向来人。"《秋日即景》："叶落平湖雁一行，西风遥递菊花香。"《乔迁新居》："两三梅影房檐动，已把春风领进门。"无不以清新的语言，动人的景象，歌颂着劳动的人们和多彩的生活。

《诗友诗传续录》中王渔洋说："高悲壮而厚，岑奇异而峭。"读朱思丞的诗，可以感觉到，作为军旅诗人，他在追随着高适诗的悲壮和岑参诗的奇峭。如《巡边》："浩歌翻白雪，落日界碑前。霜重棘林矮，鸟稀关所偏。风收山现马，影过草凝烟。枪刺挑寒月，星沉一线天。"林峰先生认为，庄严肃穆而不失雄浑瑰丽，满目荒凉之中自孕蓬勃无限，有岑参诗"北风卷地白草折，胡天八月即飞雪"之意，基调沉着，意境浑成。又如他获得第二届当代军旅诗词奖二等奖的《砺剑联合军演》："檄羽频催霜叶红，电波传唤满天星。誓师旗下枪集会，防护壕前炮点名。万里硝烟图上起，三维烽火网中生。尚疑拂晓风声紧，已报班师夜未明。"如果说岑参诗意象奇峭，而朱思丞诗则用当下语言描绘出了当下军旅之奇景。"电波""图上""三维""网中"这些新颖的军事词语，都在七言句子中得到了妥帖位置，完全没有不和谐的感觉。"誓师旗下枪集会，防护壕前炮点名",勾勒出了现代军队的生动画面。特别是"枪集会"和"炮点名"这种意象,没有现实的真切的军旅生活是写不出来的。恰如近人宋育仁《三唐诗品》论陈子昂的话"幽州豪唱,语似常谈,而脱口天成,适如人意。"

军旅诗人为词,没有不读稼轩词的。朱思丞也不例外。如他的《江城子·急行军》:"肩扛军令腿生风。踏春丛,涉鸣虫。点点灯光,隐约远山中。虽有花香沾满袖,无意赏,影匆匆。 我连任务敌营东。补前锋,助围攻。隘路遥遥,更隔水重重。夜半尖刀插战地,埋伏处,月蒙蒙。"可以感觉到些许稼轩词的味道。这种味道,可以从俞平伯对辛稼轩词的评论中品得一二。俞平伯认为稼轩词:"乱跑野马,非无法度,奔放驰骤的极其奔放驰骤,细腻熨帖的极其细腻熨帖……其所以慷慨悲歌,正因壮心未已,而本质上仍是温婉。"朱思丞的诗词中,词约占三成,其写作特点与诗相近。以置身事中的军人眼光,审视着周围所发生的一切。以当前军队流行语言,描摹着具有诗意的物象。并不懈地追求着作为军人的慷慨悲壮,作为词人的温婉蕴藉,并力求把两者统一起来,以形成具有个性的自家面目。

紧张的军队生活,确实没有更多的精力从事"余事"。然"词人者,不失其赤子之心者也"。朱思丞的诗词无不倾注着家国之怀,情感浓烈,积极向上,给人以光明、感发和力量。就其艺术性上,还需多读、多思、多写,见真知深,求内美,求高致,创作出更多的思想性和艺术性"双美"的好诗词来。读者期待着!

吴宗绩

西沙情思

情寄苍茫云水间，飞鸥来去自悠闲。
大潮涌动思千缕，难忘西沙月一环。

三沙哨兵

旭日掀开那港湾，有人站到夜深蓝。
浪花冲淡思乡泪，未褪初心一寸丹。

元旦感吟

昨夜随风到梦边，绿萝爬上小窗帘。
一双紫燕门前过，剪段春光作彩笺。

游　春

闻道春游乐未穷，兴来携酒上桥东。
千红堆里征衫绿，万绿丛中醉脸红。
诗句已成缘鸟语，书情偶得自花风。
天边收住朦胧色，放出青山又几重。

海滩小憩

椰风轻拂晚霞柔，独卧银滩听海流。
为爱天涯沙似雪，不辞长作一飞鸥。

登九华山

万缕流霞抹翠峰，数声啼鸟落花红。
登高不必沉吟苦，一听禅钟韵自工。

祖父乡邮轶事

邮包十里压双肩，担过冬天担暑天。
青史未曾留足迹，只今印满小村边。

海王子诗词峰会

巽寮湾对数峰青，水碧天蓝入画屏。
莫道骚人无士气，涛声起处有诗声。

诗词峰会留别诸师友

归程车影渺云寰，眼里沙鸥自在闲。
信是乡心犹未了，回眸直向巽寮湾。

三沙渔歌

渔家出海到三沙,一网肥鱼一网虾。
剪破烟波千尺锦,归帆高挂满天霞。

夜宿三亚青龙湾

西风一片夜来轻,千里碧波系我情!
谁有胸怀如大海,浪潮澎湃枕边听。

细沙村观海

如雪浪花千里来,潮声百丈响成雷。
诗心欲化山中石,坐听惊涛又几回。

娇儿半夜哭闹有作

早起鞋沾山上露,晚归头戴满天星。
娇儿怎解娘亲苦,要听娘亲捉老鹰。

老师接送学童过江

橹声朝暮送江流,浪激青山千百秋。
黎寨苗村云水路,师情载满一轻舟。

孩　童

三五渔童涉浅波,背筐赤足捉青螺。
泥沾满面相嬉笑,归踏斜阳一路歌。

芦　花

近似云霞远似烟，秋风吹我到江边。
谁撑竹筏芦丛里，惊起花飞上九天。

乘机赴延安参加青春诗会

诗心直入彩云间，万里行吟岂等闲。
我与青春初约定，与君携梦到延安。

浣溪沙·游东坡书院

载酒亭前喜放晴，方塘荷影舞娉婷。迎风棕榈上帘青。
眼里沙鸥堪寄梦，忆中履迹早如萍。吟怀已共海潮生。

浣溪沙·题《松涛天湖》图兼寄吴文生先生

十里春风入镜湖,白银盘里撒珍珠。碧空如洗一尘无。万叠松涛心上涌,几重绿色梦边铺。雄鹰飞处展新图。

浣溪沙·参加中央社院中华文化研修班感咏

翠满吟襟花满头,水光云影也温柔。风吹修竹动人眸。十里啼莺歌俊朗,一天明月诵清幽。无边思绪盏中流。

吴宗绩论

林　峰（北京）

"他从南国的椰风蕉雨中走来，他从南海的碧波帆影中走来。他用海上旭日激荡沸腾的热血，他用西沙潮水澄澈诗意的灵魂。拼搏是他毕生的信念，诗词是他进取的源泉。从他的人生轨迹中，我们看到了一个劈波斩浪、奋勇前行的南海儿女。"这是《中华诗词》杂志社2018年6月18日在湖北荆州"中国诗人节"上为首届"刘征青年诗人奖"得主吴宗绩所撰之颁奖词。宗绩兄身寄海岛，地处琼西；如海上沙鸥，出没无依。但其却能于众多诗词新军中过关斩将，一路高歌，其勇气可鼓，才气可赞也。宗绩兄数年前脱颖于《中华诗词》"青春诗会"，其后更是攻苦食淡，口不绝吟。经年累月，硬使诗艺日进，诗学渐丰。故连年捷报，硕果累累。今日又以出众才华，再获殊荣，更令亲者喜、闻者乐也。探寻宗绩兄之诗路历程，剖析其诗词风格，解读其诗词内涵，于读于颂，于己于人，都不无裨益。观其诗词作品大多具有以下风格特征：

第一，浓郁深沉的乡土情结。故里、亲人永远是诗人心头挥之不去的感动，也永远是诗人脑海中无法忘却的记忆。西山夜雪，灵水秋风；良辰美景，绿树黄花。都会成为诗人笔下无尽的缠绵和牵挂。宗绩兄久居海岛，故乡景物便无时不在心中，有诗《西沙情思》为证："情寄苍茫云水间，飞鸥来去自悠闲。大潮涌动思千缕，难忘西沙月一环。"西沙群岛地处中国南海，为海上四大群岛之一。虽然孤悬海上，波涛汹涌，但其作为中国固有领土这一主权尊严，不容侵犯。宗绩兄有鉴于此，乃发是感。天边云水苍茫，眼前海鸥飞舞。诗人思绪翻滚，心潮起伏。诗人用奔腾大潮喻万千思绪，可谓设象生动，无理而妙。最后用一轮明月作结，显得简洁明快但又意味深长。且思绪千缕与明月一弯有了繁简之对比，益见情感之反差与跳跃，亦由此感知诗人对故乡桑梓之深沉爱恋。再读其《海滩小憩》："椰风轻拂晚霞柔，独卧银滩听海流。为爱天涯沙似雪，不辞长作一飞鸥。"诗写海滩小憩，极其清雅闲适，飘逸潇洒。椰树轻风，晚霞碧海，沙滩似雪，白浪如银；好一派南国清景、海上风光！此情此景，亦足以让诗人沉醉其间而流连忘返，亦足以使诗人灵感迸发、浮想联翩。故诗人有"不辞长作一飞鸥"之奇思闪动。海鸥能搏击风浪，又能翱翔蓝天。且终身与海为伴，不离不弃，此亦诗人之平生夙愿也。报效故里，生死相依。诗人对家乡之一片至诚清晰可辨也。又如《三沙哨兵》："旭日掀开那港湾，有人站到夜深蓝。浪花冲淡思乡泪，未褪初心一寸丹。"诗人生在海南，长在海南。故对家乡风物倍感留恋，故里人事倍感关切。人民战士，保家卫国，赴汤蹈火，不惜牺牲。诗中所写正体现了三沙哨兵为国站岗的动人场景。从旭日初升到夜色低垂，年去岁来，潮涨潮落，唯独战士初衷不改，丹诚如旧。诗人用浅显如话之言语表达了对战士之无限景仰与崇敬。不忘初心，砥砺前行，亦是今日习总书记之谆谆教导。诗人反映现实生活又紧扣时代脉搏之创作构想，堪称传统诗词鲜活于当今社会之有力佐证。其他如："剪破烟波千尺锦，归帆高挂满天霞"（《三沙渔歌》），"谁有胸怀如大海，浪潮澎湃枕边听"（《夜宿三亚青龙湾》）等南海诗作，无不洋溢着浓郁的故里情思和赤子情怀，且情与景会，情景交融，如在眼前。正如明人陆时雍所言："善言情者，吞吐深浅，欲露还藏，便觉此衷无限。善道景者，绝去形容，略加点缀，即真相显然，生韵亦流动矣"（《诗镜总论》）。

第二，强烈纯厚的生活气息。一切艺术作品皆来源于多彩之生活。没有丰富的生活体验和人生阅历就不可能产生高雅之艺术创造。而宗绩作品向我们扑面而来的正是强烈的生活气息与日常情趣。试读其《娇儿半夜哭闹有作》："早起鞋沾山上露，晚归头戴满天星。娇儿怎解娘亲苦，要听娘亲捉老鹰。"父母忙于生计，早出晚归，待到回家早已疲惫不堪。而孩子天真烂漫，不谙世事，夜半醒来，便不肯再睡。吵得母亲无奈，只好讲老鹰捉鸡来哄小孩。小诗四句，清纯生动，通过这一细节定格，一个稚嫩无瑕但又顽皮淘气的三岁小儿跃然纸上也。宗绩对生活的细致观察，把普通人家的甘苦欢喜描绘得淋漓尽致且极富生活情趣。读来倍感活泼可爱，憨然可掬。再看其《祖父乡邮轶事》："邮包十里压双肩，担过冬天担暑天。青史未曾留足迹，只今印满小村边。"本诗通过对祖父邮递事迹的叙述，刻画了一位忠于职守、不惧辛劳的乡村邮递员形象。至今在少数山区仍有徒步送信的差使。山路崎岖，风雨无阻，所以邮包沉重，全凭双脚健朗。结拍两句，写得感情真挚，耐人寻味。邮差渺小，自不会青史留名，但它走遍了故乡的土地，走遍了故乡的青山绿水。这也是中华民族任劳任怨、兢兢业业的精神写照。其他如："黎寨苗村云水路，师情载满一轻舟"（《老师接送学童过江》）。"渔家出海到三沙，一网肥鱼一网虾"（《三沙渔歌》）等。都写得意态灵活，画面逼真，富有亲和力和感染力。这种极具个性化且充满生活情趣的描写，如果诗人缺乏深刻的人生感悟和生活积累，他是无法进行作品构思和创作的，所以说生活是创作的源泉。

第三，朴素自然的语言特征。诗语或豪放，或柔婉；或明了，或沉郁，千姿百态，五彩斑斓。而细观宗绩作品，则大多明白如话，清新流畅。这种朴素自然、不事雕琢的诗词语言几乎贯穿了他整个的诗路历程，成为他诗词创作语言的主要风格特征。比如《芦花》："近似云霞远似烟，秋风吹我到江边。谁撑竹筏芦丛里，惊起花飞上九天。"全诗语言浅近无华但又清新典雅，朴素明了而又蕴含甚丰。芦花开时，飞絮满天，轻似云霞，白似丝棉，纷纷扬扬，潇潇洒洒，成为画家影人的心爱之物。此诗入眼即明，入口即化，没有冷僻字、生造词。浅显易懂，简洁明快，这也是当代诗坛大力提倡的诗词风格。也最接地气、最贴近普通大众的阅读习惯。再看其《元旦感吟》："昨夜随风到梦边，绿萝爬上小窗帘。一双紫燕门前过，剪段春光作彩笺。"此诗写得轻松怡然，春光浮动。极其唯美的画面感和富有浪漫色彩的青春剪影就这样悄然而至。人在梦中，梦在窗前。诗人把紫燕穿柳的古老意象翻新为剪取春光来作书笺的绝佳构思，不可谓不巧妙，不可谓不新颖。且全诗出句平易简明，又工稳典丽，堪称雅俗共赏之作。其他如："信是乡心犹未了，回眸直向巽寮湾"（《诗词峰会留别诸师友》），"天边收住朦胧色，放出青山又几重"（《游春》）等等。均清新可诵，似信手拈来，流转自如。李太白云："清水出芙蓉，天然去雕饰"（《经乱离后天恩流夜郎忆旧游书怀赠江夏韦太守良宰》）。今观宗绩诗作则已深得其中真谛也。

宗绩兄数年之内，诗艺大进，且屡有斩获，诚可喜可贺！但艺无止境，学海无涯。宗绩兄风华正茂，来日方长。唯有锲而不舍，勤学不怠，方能百尺竿头，更上一层。相信宗绩兄定能在今后的创作生涯中，不断进取，不负众望！

2018年第9期

李恒生

彝山小放羊

清风碧草久徜徉,遍地牛羊我是王。
抓把鸟声堪下酒,邀来云朵坐身旁。

又回儿时放羊之地

绿水青山入画图,秋风漫卷白云舒。
当年嬉耍牧羊地,但问今朝识我无。

家乡秋景

秋风多事惹朝霞,水稻飘飞万亩花。
十里清溪拦不住,香随桥走到吾家。

虞美人·冬夜

莫教思念燃成火,误把真心裹。难眠滋味有谁知?夜夜销魂辗转五更时。　　鸳鸯枕畔无人语,帘外风和雨。想来此际最糊涂,空有离愁别恨在心湖。

喇叭花

红尘紫梦扣衣襟,难隐多情寂寞心。
就着群蜂争采访,扯开嗓子在播音。

西山小莲池

瑶池拥抱古西山,湖是琵琶柳是弦。
月下轻歌弹一曲,嫦娥仙子到凡间。

月　夜

清晖一抹入空房，泼墨灯前韵律荒。
问月赊来三罐酒，千杯才赋好文章。

临江仙·春暮游彝海公园

醉饮东风心欲碎，闲看飞絮长萦。平湖堤岸柳烟轻。花开虽有意，春去却无声。　　最恨匆匆相聚少，长思玉手多情。梦中复见语盈盈。哪堪离别泪，从此自飘零。

垂　钓

钩垂碧水展春图，柳翠波轻月满湖。
英俊书生来作饵，频频钓起美人鱼。

彼岸花

痴心一片梦无暇，夜夜香腮灿若霞。
纵使相思红到骨，平生只作苦情花。

玉　坠

天上瑶池何许仙？相思遗落在人间。
我将此物胸前挂，夜夜春宵共枕眠。

七夕之夜与家养小兔共度

汪汪泪眼惹人怜，坐守西窗不肯眠。
料得嫦娥思我切，安排玉兔到人间。

卜算子

去岁与卿同，执手园中往。笑语娇嗔最动人，月色还清敞。　今夜月重圆，又做当年想。更有东风窃窃听，我把相思讲。

南乡一剪梅·往事

何事扣心门？雁阵归来未见人。万水千山难越过，思也黄昏，念也黄昏。　又是雨纷纷，菊伴霜风对玉樽。泪眼朦胧难自控，醉也销魂，醒也销魂。

鹧鸪天·游家乡美景

屋后青山峭壁峰，门前垂柳隐葱茏。稻花香在秋风里，碧水悠悠入眼中。　装小子，扮顽童，拈花惹草到桥东。抛开俗世多重累，且把身心放到空。

鹧鸪天·西山抒怀

栖鸟无声夜欲阑,枯藤老树晚风寒。秋霜又打枝头冷,不见离人梦里还。　　流水静,落花残。愁心惨淡倚栏杆。可怜楼上云遮月,感谢今宵不忍圆。

喝火令·空相忆

雨打庭前柳,风敲屋后门。残红一抹诉离春。无奈断肠难遣,思绪绕红尘。　　隐约伊人影,分明碧水痕。愁心难渡最销魂。忆起当初,忆起旧诗文,忆起那年花事,误了几黄昏?

江城子·西山桃花吟

桃花依旧笑迎风。萼彤彤,影重重。紫黛山前,遍地是残红。独立闲亭空守望,人不见,眼朦胧。　　夕阳楼外染愁浓。粉眉峰,爱成空。记得那年,相遇在林中。但愿今宵还有梦,千里外,与卿同。

| 雏凤清于老凤声 |

李恒生论

潘　泓

诗人千千万万，诗作林林总总。仅诗歌风格司空图就列出了二十四种。诗歌艺术风格和美学意境的不同，是诗人诗作与他人相互区别的识别度。首届"刘征青年诗人奖"得主李恒生的作品，就有了自己的"识别度"。

李恒生是云南山区大姚县的彝族青年。他15岁才会说汉语，在对中华诗词有感性认知之前，要先逾越汉字、汉语的关口。因此他没有从小便接受诗词熏陶，而是在过了汉语汉字关后，进一步结识和热爱诗词，更进一步才写作诗词的。在自然风光极为美丽而传统文化土壤相对贫瘠的大山区，他有现在这样的成就，是付出了更多的努力的。彩云之南风情旖旎，大姚有典型的云南山原景色、独特的民族文化、悠久的历史，是儒家文化、佛教文化、彝族文化的汇聚之地。这些山水人物历史风情，潜移默化，让他的诗既有绮丽的一面："浓尽必枯，淡者屡深。雾馀水畔，红杏在林。月明华屋，画桥碧阴。"又有自然的一面："俯拾即是，不取诸邻。俱道适往，着手成春。如逢花开，如瞻岁新。幽人空山，过雨采苹。"展示了他的家乡的山水色彩、民族风貌，向人们打开了一个独特风情的窗口。

把从根本上继承中华诗词优秀传统作为诗的立足点和出发点。写诗词就是在传承民族的国粹文化。故诗词从思想层面到美学层面，都注重传承。恒生知道，中华诗词传统的继承，不仅仅是格律方面，更重要的传承是思想感情。诗是心之声。孔子说:"《诗》三百,一言以蔽之。曰:思无邪。""思无邪"就是真情流露、毫不作假,内里包含了真善美。从那以来,诗就灌注了悲悯精神、人文情怀。诗人本此用文字感化人世,教化了人世也教化了自己。恒生的诗继承了这个根本。显现的是纯正无邪的品相、清澈无尘的意蕴、关照时世的底色、表达情感的真实。写人如《彝山小放羊》:"清风碧草久徜徉,遍地牛羊我是王。抓把鸟声堪下酒,邀来云朵坐身旁。"写景如《家乡秋景》:"秋风多事惹朝霞,水稻飘飞万亩花。十里清溪拦不住,香随桥走到吾家。"写情感如《七夕之夜与家养小兔共度》:"汪汪泪眼惹人怜,坐守西窗不肯眠。料得嫦娥思我切,安排玉兔到人间。"具真具善具美,见情见物见我。

努力做到时代面貌与自家面貌相统一。王若虚说:"文章自得方为贵"。写诗仅仅继承传统是远远不够的,继承的目的在于创造。诗能否立于诗林贵在有自家面貌。为此,恒生诗注意立足时代。他的诗的时代背景体现在大姚的风土人情物事变化之中。《扶贫点新庄村秋景》:"又是丰收好景光,乡村陌野菊芬芳。门前犬吠黄鸡醒,楼下风轻稻谷香。绿夏消停蝉打烊,金秋驾到屋清仓。云来欲落还飞起,料得粮多不够装。"在明晰了时代方位感后,恒生努力把"我"融入诗中。这个我是物化了的我。他在选材上就很注意这一点,如《冬荷》:"肢衰皮皱背儿驼,不见当年小酒窝。我有愁心谁寄予,枝头鸟唱也惊波。"除此,他还十分着力让诗有家乡特色:水是"湖光潋滟水清悠,十里微风似梦柔";山是"朝日清光照紫烟,数峰云海梦中眠。梅开一度风回暖,阵阵松涛响彻天"。再就是用浓墨书写青年人的爱情与思念,如《卜算子》:"去岁与卿同,执手园中往。笑语娇嗔最动人，月色还清敞。　　今夜月重圆，又做当年想。更有东风窃窃听，我把相思讲。"《虞美人·冬夜》："鸳鸯枕畔无人语，帘外风和雨。想来此际最糊涂，空有离愁别恨在心湖。"时代性、地域性、角色感，是恒生诗的几个特点和支点。从创作主体来说，或许某些作品的写作初衷，并不是要写给别人看的。写作的冲动，是情绪的爆发，是灵感的迸激，佳山好水、爱情人情、人事代谢，种种种种，在作者心胸中蕴积回荡，于是作者不得不写。这种情形，不是别人"要我写"，而是"我要写"。主观上，可能没有"标识"意识，但客观上这种"标识"已经形成。

在作品的构思和文字上构造"识别度"。他在构思方面首先是善于移人情为物情，把"我"的情绪化为"物"的情绪。如《元宵节》："春风也识汤圆味，邀请桃花飞过来。"《春归》："春风有意无须喊，从不嫌贫又到家。"《怜花语》："风过残红上我身，我怜花作并肩人。自从君入我心后，你我同心便是春。"其次是善于写人情的脆弱柔软处。《母亲》："临行愁见惹心惊，皮皱肤衰抹不平。但看当年青涩照，回眸一笑也倾城。"《寄爹娘》："携手人间护幼雏，而今风雨共搀扶。爹娘健在家常在，游子天涯梦不孤。"再次是反过来善于把物情变为人情。《麻雀》："屋后门前倚梦魂，朝阳送走送黄昏。终生难舍故乡土，守住儿孙守住根。"其四是善于营造清泠幽远的意境。经营小场景，用小场景反射情绪，以内省感悟主观为主，回环往复。情感细腻，细节清晰，有阴柔之美。他有几首以"荷塘往事"为题的词。写的是不同季节不同时间的荷塘。"无奈今宵听杜宇，蛩声推到天涯去"，"笔落黄笺乱，风敲碧水寒"，"一曲红尘心碎，空望柳如烟"，"枯枝乱叶满池塘，柳疏狂，水初凉。目尽征鸿天际远，人不见，意彷徨"。这些意象，有如舞台上深色的背景，很好地烘托了落寞无奈的情绪。恒生诗在文字方面一是善于灵活遣用动词，有时能用"不通"的动词用法表达出"合理"的艺术意蕴。《春夜吟》："执笔灯前独自哀，残笺无语许人猜。平添一抹相思色，愁结春风打不开。"这个"相思色"之所以"打"不开，是愁"结"了春风。《含羞草》："芳心数尔最难求，欲说还休语自收。最喜香唇柔似水，轻轻一吻眼含羞。"含羞之因是"吻"之故。二是借用新诗用字用词手法。偶一用之，作品立见鲜活。如前所举之"绿夏消停蝉打烊，金秋驾到屋清仓"，日常语用得贴切，不伤典雅还见灵趣。《冬夜吟中》颈联："待枕墨香来入梦，提壶寂寞去冲茶。"《卜算子·一枕相思发》："借得吴箫吹皱眉，吹皱床头月。"都见这种手法。

恒生写诗的道路还很长。他的诗，从意境到风格，可能或者肯定会发生变化。诗人年轻，所以调整、变化、跃升都有时间。这是让人羡慕的，也是需要珍惜的。钟嵘说王粲的诗是"发愀怆之词，文秀而质羸"。恒生诗有点相似。恒生诗已有自己的坐标了，但要前行还得突破一些东西。事物都有两面性，有时特点太过或者太单调就是不足。我们看到恒生诗具备了山的回环幽峻，辗转悱恻、内省萦思，却无意间有了山的封闭，欠缺站在名山大岳之巅看世界的开阔感。反映在题材上，就是接触面还不太广，历史、时代的题材是短板。出现这种情况，当然有一个原因是阅历不足，读万卷书、行万里路、看人世万象、历人世百味，是要时间的。这需要客观的积累，更需要自觉的意识，有了主观的认识，才会在对题材进行加工创作时，有更沉厚的思考。以恒生的功底和勤奋，假以时日，完全可以达到这个目标。

2018年第10期

韦天罡

酒后寄燕无双

醉里闻君着嫁衣，昔时盟诺两相违。
狂歌只怕湿双眼，佯笑何辞瘦一围。
白璧妆成寒夜静，烛花零落素鲛飞。
无人再种倾城梦，身向云山不记归。

莫问萍踪谁寄音，春风笑傲敢沉吟。
无才久慕山阴棹，有梦空怀焦尾琴。
忍把文章消月夜，难凭酒力答衣襟。
人前不识灵犀角，辜负当年一片心。

每于酒后忆君时，去日襟怀剩此诗。
万里飘蓬耽白玉，十年回首误青丝。
欲烧高烛情难却，纵有真香梦已迟。
岁月无声摇落处，初心报与故人知。

重 阳

东篱煮酒过重阳，草字书成腕力伤。
绿野堂前分闸蟹，白莲社里读诗章。
山门有客花曾艳，冷月无声梦亦香。
莫怨秋心全是恨，秋心已带半痕霜。

故人索句以寄之

且凭杯酒证前因，小篆红笺墨未匀。
好梦长随蕉下鹿，痴心犹恋画中人。
情多不写怜花句，缘浅翻为陌路尘。
休问别来成底事，凝眸依旧等闲身。

寄洪城诸君

冗务重重难自由，栏杆拍到最高楼。
江湖依旧思无限，儒事经年意未休。
月在窗前人尽去，名于身外梦何求？
生涯每羡诸君子，一纸书轻万户侯。

寻 梅

初心未减当年冷,万里乾坤何处家?
为有清香开胜雪,重来此地认梅花。

送二弟回警校

又驾轻车送远行,迢迢十里出山城。
须知汽笛沉鸣处,更有慈颜喧语声。
勤阅文章读青史,还凭肝胆请长缨。
年来学业修成后,好把生涯事万氓。

十年同学会

弹指匆匆岁月迁,爱随风雨恨随烟。
十年始信离非梦,一笑深知聚是缘。
且尽狂欢消永夜,难凭意气答从前。
诸君散去天涯后,莫使霜花到鬓边。

迟 眠

栏杆拍遍月华明,长夜迟眠近五更。
有客谈经夸鼠技,无人试剑借鸡声。
倾心敢效蚕丝尽,放眼尤怜马骨轻。
莫笑癫狂常醉酒,醒来喜看小诗成。

端午酬吴直明兄邀饮

不辞清减奈愁何,阔饮高谈且放歌。
铸剑全无燕市价,扬帆剩有楚江波。
柔情欲寄鸿偏少,侠气长留梦更多。
肝胆相交凭一诺,襟怀朗抱任消磨。

过镇宁县怀故人

故履匆匆去又回,满怀心事向山隈。
千家烛火燃新社,十里乡邻劝旧醅。
过眼青春堪淬剑,思人岁月漫衔杯。
经年已负平生约,从此无由再折梅。

再见芭猫冲

独自来寻前世因,当时一笑竟成尘。
初心不改酬知己,家犬依然识故人。
陌上花开香似旧,堤边柳绿色如新。
匆匆步履经年后,小字红笺入梦频。

初秋独访梅花书院忆前事

栏杆拍遍半勾留,故地重来万事休。
满目微岚风送雨,十年倦旅客登楼。
忍翻红豆怜孤影,还托青禽忆远眸。
一段流光归梦魇,望中犹记那时秋。

浪淘沙·惊蛰

只影向谁呵?放眼婆娑。倾城一恋是烟萝。梦到初逢还笑醒,情暖心窝。　　杯酒醉颜酡,往事消磨。惊鸿去后更无多。漫漫年光留不住,浅浅梨涡。

临江仙·寄燕无双

记取当年携手处,低眉未语先羞。初开栀子过墙头。清灯疏影外,锦字为谁留。　　美好年光都散了,今生今世难求。断鸿曾寄最高楼。闲来翻旧照,往事湿双眸。

| 雏凤清于老凤声 |

韦天罡论

宋彩霞

"你才情横溢，又少年老成。你有'每从乡野赊村酿'的潇洒，又有'一纸书轻万户侯'的豪迈。从作品中透露出的是你对自然的体悟、人性的洞察、社会的思考。而生活的磨砺，更让你的诗词风骨清俊健朗，深沉敦厚。"这是《中华诗词》2018年6月18日在湖北荆州"中华诗人节"上为首届"刘征青年诗人奖"得主韦天罡所撰之颁奖词。天罡是近年来涌现出来的诗坛新秀。他，布依族，贵州紫云人，1988年4月生，大学汉语言文学专业毕业。其诗带着大山的雄浑，穿越古今，纵横南北，给人以磅礴之感；又似涓涓溪流，清新明快，沁人心脾，我喜欢他的诗，就因为他笔下有才情流淌。

语言风格典雅新美。天罡的作品，语言既幽美干净又通俗易懂。如《再见芭猫冲》："独自来寻前世因，当时一笑竟成尘。初心不改酬知己，家犬依然识故人。陌上花开香似旧，堤边柳绿色如新。匆匆步履经年后，小字红笺入梦频。"起句突兀，尾句含蓄，语言通俗而不失隽永。其《迟眠》："栏杆拍遍月华明，长夜迟眠近五更。有客谈经夸鼠技，无人试剑借鸡声。倾心敢效蚕丝尽，放眼尤怜马骨轻。莫笑癫狂常醉酒，醒来喜看小诗成。"切题、切意、切事，在失眠中把自己的心思写了个透。虽然睡得晚，也常常醉酒，但有诗成也是值得高兴的事，还有什么比这更加惬意呢？读来明白如话，平实近人。

"雕虫蒙记忆，烹鲤问沉绵"，不说作赋而说雕虫，不说寄书而说烹鲤，不说疾病而说沉绵；如清王士禛所说："作诗用事以不露痕迹为高。"（《池北偶谈》）诗论家肯定用典，是有条件的，不是一律肯定。如癖典掉书袋等则予否定。天罡在用典方面比较讲究，他善于用典，不用僻典，多用熟典，且自然、贴切，读来厚重。如《重阳》："东篱煮酒过重阳，草字书成腕力伤。绿野堂前分闸蟹，白莲社里读诗章。山门有客花曾艳，冷月无声梦亦香。莫怨秋心全是恨，秋心已带半痕霜。""东篱煮酒过重阳"句，"东篱"语出陶渊明《饮酒》诗，"草字"即草书；"绿野堂前分闸蟹"句，"绿野堂"典出唐代裴度，事见《新唐书·裴度传》；何为"分闸蟹"？大闸蟹有数味：蟹肉一味，蟹膏一味，蟹黄一味；"白莲社里读诗章"句，"白莲社"典出东晋释慧远，事见晋·无名氏《莲社高贤传》。由此可见作者用事用典，出以己意并有所创造。他信手拈来，恰到好处。这都与他博览群书、勤奋好学有着紧密的联系。他追求一种"现当代"的语言风格，这种"现当代"的语言再加上适当的用典，恰到好处的融合，使之自然，抒情有托，语言风格里就会隐隐透着凝练，这种风格值得赞许。

书写情感真挚饱满。清·吴乔曰："夫诗以情为主，景为宾。景物无自生，惟情所化，情哀则景哀，情乐则景乐。唐诗能融景入情，寄情于景……"天罡亦不例外。他吸取与融汇了当代人的审美情趣、价值判断、情感追求，使其诗中意象丰富高雅、灵动和谐。其《故人索句以寄之》："且凭杯酒证前因，小篆红笺墨未匀。好梦长随蕉下鹿，痴心犹恋画中人。情多不写怜花句，缘浅翻为陌路尘。休问别来成底事，凝眸依旧等闲身。"是写诗人对故人的喃喃低语，隽永朦胧。从"杯酒"之间起笔，显得突兀奇巧，以下层层递进，引经据典时，也是丝丝入理，显华美而不流于浮艳，彰清雅而不落于俗套。"好梦长随蕉下鹿，痴心犹恋画中人"实中有虚，虚中有实。一个"犹"字看出诗人依然执着。尾联中，笔锋一转，气定神闲。"凝眸"二字，乍看似无奈之举，实则是沉而不浮，郁而不薄。其《临江仙·寄燕无双》："记取当年携手处，低眉未语先羞。初开栀子过墙头。清灯疏影外，锦字为谁留。　　美好年光都散了，今生今世难求。断鸿曾寄最高楼。闲来翻旧照，往事湿双眸。"词结空灵凄怆，是对一段有缘无分的恋情之委婉的表述。用笔清逸，遗貌而得神，读之令人有无端的怅惘。文辞丽雅，情感真挚。词婉而意切，写离情，如此，当赏。这里我要送一句话给天罡：爱而不得也是人生常态。

　　选材上注重写平凡人、身边事。平凡人、身边事和日常生活琐事与具体细节作为对象和创作领域，表达个人的生活琐事，如喜怒哀乐、悲欢离合、生命体验、偶发事件等具体生活细节，作为创作的基本题旨。天罡以他的创作实践，心怀悲悯，肩扛道义。如《送二弟回警校》："又驾轻车送远行，迢迢十里出山城。须知汽笛沉鸣处，更有慈颜喧语声。勤阅文章读青史，还凭肝胆请长缨。年来学业修成后，好把生涯事万氓。"他写兄弟情，文风清新，情怀激越。谆谆叮嘱，手足情深。其《十年同学会》："弹指匆匆岁月迁，爱随风雨恨随烟。十年始信离非梦，一笑深知聚是缘。且尽狂欢消永夜，难凭意气答从前。诸君散去天涯后，莫使霜花到鬓边。""诸君散去天涯后，莫使霜花到鬓边。"笔随情移、一气贯注。其《端午酬吴直明兄邀饮》："不辞清减奈愁何，阔饮高谈且放歌。铸剑全无燕市价，扬帆剩有楚江波。柔情欲寄鸿偏少，侠气长留梦更多。肝胆相交凭一诺，襟怀朗抱任消磨。""肝胆相交凭一诺，襟怀朗抱任消磨。"则是直抒胸臆，豪气万千。其《寄洪城诸君》："冗务重重难自由，栏杆拍到最高楼。江湖依旧思无限,儒事经年意未休。月在窗前人尽去,名于身外梦何求?生涯每羡诸君子,一纸书轻万户侯。"则表现了他的豁达,不追求名利的初心。

  诗乃心灵之香。好诗词能令人振奋,感发意志,流通精神。这样写出来的诗词就与大众不隔心。诗心如何体现?我个人归纳起来,大概有三类情况,一是家国情怀,不是空洞喊口号,是要达到"感时花溅泪"的那个程度,在天罡的作品里,如"尘迹徒悲填海鸟,壮怀甘效吐丝蚕"者是也;二是万物之爱,像稼轩的"一松一竹真朋友,山鸟山花好弟兄",天罡的作品如"为读西厢赊月色,因怜蝶舞种桃花。山中犬吠听风雨,楼外虫鸣看晚霞"者是也;三是人类共感,比如李后主写愁的词句"自是人生长恨水长东",此类作品在天罡这里,比如"狂歌只怕湿双眼,佯笑何辞瘦一围。白璧妆成寒夜静,烛花零落素鲛飞。无人再种倾城梦,身向云山不记归";"忍把文章消月夜,难凭酒力答衣襟。人前不识灵犀角,辜负当年一片心";"经年已负平生约,从此无由再折梅"等。这些诗句,或是写出了一种阔大的意境,或是捕捉到了让人心头一颤的细微敏锐的那一刻,都具有兴发感动的力量。

  绿情红意固诗人之所钟,但家国情怀更是诗人之所系也。"诗人对宇宙人生,须入乎其内,又须出乎其外。入乎其内,故能写之;出乎其外,故能观之。入乎其内,故有生气;出乎其外,故有高致。"(王国维《人间词话》)关注时代,反映现实向为历代诗家所重,也是今日我等诗词创作之主要取向。尽管天罡关注社会、关注现实的作品不是很多。但我相信他在今后的创作中会有所侧重。他还年轻,我有理由相信他诗词的未来,不可限量哉。

倪昌盛

登高抒怀

独立长空远,鸟从何处啼。

青山分左右,红日自东西。

欲识人间路,先看脚上泥。

他乡多少事,待返故园提。

愚人节戏作

晨起东风暖,楼前草木芳。

听听张学友,嚼嚼口香糖。

真假无须论,短长何用扬。

人生多受骗,此节已为常。

雨　日

花开如是去年春，柳影朦胧幻亦真。
天上射来无数箭，心中想起有缘人。
江湖落拓三回首，烟雨繁华一转身。
只恨当时多少事，已经相忘在红尘。

无意翻出小学时的红领巾，乃为之感作

奈何已做打工民，翻到童年倍感亲。
岁月犹容斯物在，人生未许此家贫。
想教身上蓝衣服，再配眼前红领巾。
当日岂知今日我，不加班便不加薪。

无　题

运河桥畔柳含烟，花落花开俱可怜。
一别纵非分一世，重逢已是隔重天。
两三点雨心中落，百万家灯水上颠。
料得明年遥望处，人间依旧草无边。

雪 夜

雪花飘落北风狂，未许闲愁入梦乡。
明日待看千屋白，今宵且对一灯黄。
眼虽不屑鱼龙舞，心却难抛名利场。
想象将来人老后，回眸万事只平常。

寄同事

偶看围墙似坐牢，可怜难识笑中刀。
何时能够支薪水，此日依然卖苦劳。
未必员工甘寂寞，终归领导爱唠叨。
也知厕所人蹲久，为避车间温度高。

淮安之夜

知难看破是红尘，常念凡间一片春。
今日我犹当日我，情中人亦性中人。
水分急缓终归海，云有阴晴总变身。
遥望淮安宁静夜，许能容下这天真。

感觉夏来了，已开始穿短袖上班

又穿短袖挣微薪，难免胸中百味陈。
世态依然炎到夏，人心未必暖于春。
不知梦想为何物，且向江湖寄此身。
已惯车间灯刺眼，照吾满脸尽灰尘。

秋日回乡下老家

莫言乡下好风光，一样秋来景不长。
墙上犹标中国梦，村头鲜见少年郎。
屋檐高耸炊烟袅，日影低垂暮色凉。
草木也知趋世态，热时青郁冷时黄。

听一支歌，想起青岛打工岁月

耳边依旧那支歌，唤起今宵感慨多。
八九年来浓转淡，百千里去海扬波。
风将心事悠悠散，雨把时光细细磨。
莫道故人难再见，纵然再见又如何。

夜观大运河

携来北马与南船，他日应能做个仙。
灯火入秋风寂寂，古今在望意绵绵。
不知河水三千里，可荡人生廿八年？
我自凭栏惆怅久，油然点起一支烟。

休息日回老家闲转，时近中元也

我归我去两难平，淮水秋风四野行。
昨夜睡时无事扰，今朝醒处有鸡鸣。
雨淋小镇何温润，节近中元倍冷清。
到底故乡泥土软，能将足迹印分明。

城市夜行遇雨

灯火如针刺眼睛，秋风扑面冷清清。
楼参云表无人住，车堵街头有笛鸣。
宝马从身旁驶过，电驴在雨里穿行。
何须回首来时路，它与前程两不明。

"房　奴"

广厦三千立，终于有一间。
将来从此变，贷款让人还。
但使身儿壮，何须日子闲。
加薪应不远，只要肯加班。

清洁工

敝帚自相珍，累时腰一伸。
往来行几里，上下踩三轮。
莫道已无路，可能还有尘。
偶然停住脚，闲看碰瓷人。

| 雏凤清于老凤声 |

倪昌盛论

刘庆霖

倪昌盛的最大特点，是找回了生活的诗意。例如《房奴》："广厦三千立，终于有一间。将来从此变，贷款让人还。但使身儿壮，何须日子闲。加薪应不远，只要肯加班。""房奴"二字大家已不陌生。在当今中国的大中城市，一般职工靠薪金买房已不容易，而打工者买房则更加困难。于是只能交首付、还贷款，成了"房奴"。一些人成了"房奴"时，压力都很大，因为还贷款的钱依然是自己的，况且还要还高额的利息。而倪昌盛则不然，他不但不愁，反而高兴得不得了："广厦三千立，终于有一间"，突然如释重负；"将来从此变，贷款让人还"，对未来充满希望；"但使身儿壮，何须日子闲"，对自己的新要求；"加薪应不远，只要肯加班"，解决问题有了办法。这首诗在写实中营造诗意，把现实生活普遍存在的问题写得有声有色，让人感到诗意的无处不在。其实，古代诗人也多半是从生活中寻找诗意的。许多生活小事看似寻常，在诗人眼里却诗意盎然。如唐代李益写的《喜见外弟又言别》："十年离乱后，长大一相逢。问姓惊初见，称名忆旧容。别来沧海事，语罢暮天钟。明日巴陵道，秋山又几重。"这首诗虽然写在安史之乱以后的大背景下，但诗的内容是写与表弟久别重逢。诗的每一句话都在写实，这说明生活本身就有诗意，从生活中寻找诗意是正道。

有些人不相信现代城市生活中还有诗意，他们认为，现在的社会信息发达，交流便捷，既没了天南地北的长久分别之情，也没了小桥流水的诗意环境，剩下的只是城市的喧嚣、快节奏的走马观花和为生活奔波而停不下来的脚步。而倪昌盛却给了我们最好的回答：现代社会依然可以找回生活中的诗意。例如《下个早班，回宿舍却也无聊》："机器声音若可闻，个中滋味与谁分？当年事已如秋草，此际身犹似暮云。一口香烟才袅袅，满城黄叶又纷纷。早班只合闲时下，独立危楼对晚曛。"这是一个再普通不过的事了，昌盛却把它写入诗中，而且让它有了耐人寻味的诗意。"机器声音若可闻，个中滋味与谁分"，下班之后仿佛还能听到车间机器的刺耳之声音。而恰恰这种挥之不去的烦恼无法述说，更找不到一个可以倾诉的对象。一般在外地打工之人都不会向家里人述说自己的苦恼。他们经常自己承受一切压力，向家中报喜不报忧。昌盛也一定是这样。"当年事已如秋草，此际身犹似暮云。一口香烟才袅袅，满城黄叶又纷纷"，中间这二联，作者把"镜头"作了几次切换：往事如秋草——此身似暮云；一口香烟袅袅——满城黄叶纷纷。连续用"秋草""暮云""烟雾""黄叶"这样使人压抑的词语形容自己的现实处境，体现诗题中的"无聊"状态。结尾用"早班只合闲时下，独立危楼对晚曛"来总结全篇，也抒发此时的无奈情感。全诗写的就是城市打工仔自己的生活和情感思路，却让人感觉他的"无聊"生活是充满诗意的。这说明，现代化的大城市并没有把诗意挤走。诗意还在我们的生活之中，就看如何去挖掘和表现。

倪昌盛不但写自己的诗意生活，还注意观察身边其他人的生活，尤其是善于从普通老百姓生活中找诗意。例如《夜里卖菜者》："夜里出摊君莫惊，生存不许一身轻。看枝摇处风初起，在月升时心未明。几个菜篮横后背，满城灯火没前程。车流来往无人问，路口犹传叫卖声。"真正的诗人在劳动者面前，都会投下敬仰或同情的目光。倪昌盛可能因为自己打工，对卖菜者就格外地关注和同情。在他的笔下，这个卖菜者是分了几个层次的：首先，是一个路边的卖菜者："几个菜篮横后背，满城灯火没前程"，一看就是一个小商贩的形象。"没"应该是淹没之意。其次，是个风中卖菜者："看枝摇处风初起，在月升时心未明"，在风中在月下忙碌的卖菜人，对自己今夜的收获难以明了。其三，是一个夜深未归的卖菜者："车流来往无人问，路口犹传叫卖声"，直到深夜无人问津的时候，犹闻路口的叫卖之声。通过这种层层递进的描写，把一个"夜里卖菜者"表现得淋漓尽致。同时，流露出作者对夜里卖菜之人的无限同情，以及对自己身世的感慨。"生存不许一身轻"，是说夜里卖菜者，也是说自己。

倪昌盛还有一首《清洁工》也是写普通劳动者的。这是诗人走出自我的表现，同时又把目光投向普通劳动者的优秀品质。我们诗人都应该具备这样的品质，写出更多更好的表现百姓生活的诗词。

除了在平常生活中寻找诗意之外，倪昌盛的诗还有另外一个风格，即平实朴素成为他的语境常态。他的诗经常像与朋友聊天或自言自语。例如《网中与在外打工的同学聊天，言及今年中秋不回家过节，慰之》："网中相叹此身微，万事回眸手一挥。莫怨人心常易变，可怜天意总难违。烟从上瘾随时点，叶自离枝到处飞。我亦当年漂海角，清秋佳节未能归。"这首诗没有生词僻字，没有深奥意象，语言平实，仿佛说话。"烟从上瘾随时点，叶自离枝到处飞"，有"天然去雕饰"之感。诗词的语言大致有三个层次：一是言精，即语言准确、凝练、不生涩；二是言妙，即新颖、美丽、奇特；三是言朴，即自然、平实、安静。清代沈德潜说："古人不废炼字法，然以意胜而不以字胜，故能平字见奇，常字见险，陈字见新，朴字见色。"倪昌盛的诗词语言属于平中见奇、朴中见色的一种，接近于天然纯朴少雕饰。诗词的语言很重要，然而在诗歌中，语言永远是绿叶而不是鲜花。诗词的语言是为主题、意境服务的，越是朴素，越是天然，就越能表达诗意的内涵。

当然，倪昌盛的诗并不是很完美。有的诗甚至流露出消极的情绪。比如他的《丙申夏夜》："尘埃拭去雨初停，痛痒无关蚊子叮。酒剩瓶中犹可饮，言于背后不堪听。浮沉心海难归一，加减人生总是零。回首儿时之夏夜，与谁遥望满天星？"昌盛现在是一名打工者，他对自己的工作环境和成绩可能有诸多的不满意和不遂心。但他毕竟年轻，应该有更积极的态度和作为。我到北京七年时间，接触了许多打工的"北漂"。他们大多数人生活得确实艰难，有的漂了十年还没有固定职业。他们常常徘徊在"十字路口"，想结束漂泊回老家又不甘心；想继续漂着又看不到希望。我初到北京时，曾与一位"北漂"一起住了半年之久，也曾写过一首《临江仙·写给一位北漂》："醉在京城出租屋，喝干半碗乡愁。月光覆盖鬓边秋。老家来电话，只说是丰收。　把萨克斯吹哭了，黄昏温婉清幽。明天依旧挤车流。看花人笑语，等我路回头。"打工生活是常人想象不到的艰苦和无奈，"醉在京城出租屋，喝干半碗乡愁""把萨克斯吹哭了"都是他们的现实。但他们有信心坚持下去，"等我路回头"。是的，"黄河欲断终不断，古月失明还自明""好人难做终须做，大业无成信有成"，要对自己的未来充满信心。希望昌盛克服一时的困难，走好自己的打工之路，写好自己的打工之诗。诗词是月亮，虽然它不像太阳，是人们生命的必须，但它却能照亮人们的灵魂和梦想。愿诗词这个月亮也能照亮昌盛的生活。

首届"刘征青年诗人奖"获奖诗人
致敬刘征老师

刘如姬

减字木兰花·获刘征青年诗人奖后呈刘征老

文坛一宝,别有襟怀心未老。笔墨风流,负手红尘笑白头。　诗人节上,且约青春来领奖。幸与同源,恨不穿回五百年。

注:有幸与刘征老同姓。穿回五百年,穿越回到五百年前。

朱思丞

获刘征青年诗人奖并寄刘征老师

初闻获奖半惊神,辗转通宵不寐人。
万仞山高惟仰止,千钧笔重更殊伦。
欲求攀凤水云隔,岂料拜书诗路陈。
横贯鹊桥风雅颂,殷勤点绿五湖春。

倪昌盛

颁奖归来寄刘征老先生

走过沧桑九十年，繁华删尽剩诗篇。
心如不老春常在，天若能晴月自圆。
只为文章惊海内，故教车马驻门前。
会当也向京城去，一睹先生墨迹鲜！

吴宗绩

浣溪沙·获奖归来敬赠刘征老

遥望高峰百丈青，风摇翠色满京城。宜将大笔颂新晴。
松历九旬情未老，霞飞万点火犹明。狂飙起处尽诗声。

李恒生

西江月·致敬刘征老

情系神州大地，襟怀传统诗词。初心不忘显名威，振兴民族国粹。　　写意无边梦在，铺笺有爱天齐。催苗护幼促新枝，培育人间桃李。

韦天罡

致刘征老师

一片冰心在宋唐，弘扬国粹敢担当。
长携后辈窥堂奥，更有诗名震万方。

第二届刘征青年诗人奖

罗金龙

新中国成立70周年盼台湾统一

中华崛起正当时,两岸情深世共知。
何不归来成一统,宁教人写示儿诗?

竹枝词·访贫

布谷声中日色温,桃花红绽小山村。
春风一路长相送,又话家常来叩门。

老　屋

打谷场中热未消,烹成腊味远香飘。
嘴馋记得锅巴饭,土灶生柴带叶烧。

江陵渡

浩荡飞舟俯碧流,前生我伴谪仙游。
凭谁皴取江峰色,红叶烧成一段秋。

春　兴

细柳新蒲次第生,碧桃花里起春耕。
踏青正是清明好,闲看风筝放出城。

大洋湾乘舟赏樱

呖呖莺声近客船,平湖如镜雾如烟。
烧春十万樱花火,烘透红霞水底燃。

舟过夔门

雄踞江津险，夔州气象横。
三山排对岸，一水曲环城。
木落潮初涨，帆开日正明。
哦诗追李杜，吟眺最多情。

感　遇

误人应悔是相思，抱柱谁怜此意痴？
事欲言时曾递语，情当深处每成诗。
风牵细柳丝千缕，影照微波水一池。
枉说春心红到死，飞飞蛱蝶向他枝。

登长沙杜甫江阁有怀少陵

涕泪当时哭九州，登临我自俯清流。
秋风茅屋情何在，老病孤舟梦亦愁。
文藻旧曾思故国，江山今已壮新猷。
愿承诗笔于公后，写出人民乐与忧。

三袁故里行

墙院藤萝迹可扪,碑亭无语立斜曛。
同门学子三椽笔,一帜文坛半壁军。
柳浪摇春翻律曲,荷风动浦溢清芬。
只今又过屠陵地,望里高峰自不群。

春游桃花山

弯环曲径等闲爬,车过山巅与水涯。
万壑云生青竹影,一江晴涨碧桃花。
蝶梳香梦怜芳粉,人爱清心步氧吧。
最是条风吹绿满,聘将春色到谁家?

西江月·三月乡村纪实

剪剪双飞燕子,澄澄油菜黄花。一声啼鸟过山洼,唤起春光无价。　　腊月归来游子,团圆节后离家。空巢人老傍篱笆,唯与桑麻闲话。

卜算子·与台胞饮

一别去他乡，一水何由越。风雨鹡鸰过海天，情在心头热。　身世属淮扬，共饮香犹冽。莫负明年聚首时，共赏团圞月。

浣溪沙

节届清明乍放晴，桃花开候柳条青。绵蛮声里几春莺。屈指韶华何太速，泥人况味是多情。盈盈一水与谁行。

如梦令

风日融融轻软，偏是踏青嫌远。何事忆南庄，谢了桃花一半。归燕，归燕，旧梦倘能寻见？

卜算子·新柳

拂水照初妆，袅娜腰肢瘦。眉眼盈盈正几分，好是春时候。　　长日沐东风，此意莺知否。拼取年芳舞一回，莫待飘零后。

卜算子·己亥七夕

牛女隔天河，岁岁人空老。负却佳期若许年，尘世犹痴祷。　　只自笑多情，又觉多情好。还把多情许着人，万一相逢了。

虞美人·得佳砚喜而有作

莹莹润透凹如掌，相对襟怀敞。从知韫玉异凡胎，应是补天遗落世间来。　　自怜癖好同坡老，醉墨时时扫。一池活水耐消磨，不与山阴当日换笼鹅。

|雏凤清于老凤声|

罗金龙论

范诗银

第二届"刘征青年诗人奖"评选出了6名青年优秀诗人，罗金龙被评选为第一名。重读他参与评奖的自选20首诗词，又向他索来出版于2014年编入300多首诗词的《芙堂吟藁》，2018年出版编入100多首诗词的《芙堂杂著》，以及已辑入有60多首新作的《小酉山房诗词稿》，逐一翻过，赏心悦目者未及计数，堪可击节者亦不乏篇章。

罗金龙与诗词天生有缘。他1990年2月出生于湖南省的桃源县。屈原从这里走向以汨罗为终点的诗的永恒，陶渊明在这里的桃花源播下了诗的幻想，"公安派""竟陵派"在这里留下了醉人的诗意。全国首个"中华诗词之市"举办过多次"中华诗人节"的古柱渚常德市，其荣膺吉尼斯世界纪录的十里"常德诗墙"，镌刻着《诗经》以来先贤们的1530首诗词。诗词文化的熏陶，山川风物的濡染，使得从桃花源走来的罗金龙，15岁起踏上了诗词创作之路，20岁时，成为获得国家文化部、中国文联、湖南省政府主办的首届中国"百诗百联"大赛最年轻的获奖者。

无师自通的罗金龙，将十多年来有关诗词的学研实践，主要是自幼喜好诗书画及文史研究的积累，偏向于学人之作并对清新、雅驯、凝重风格的追求，钟情于白居易、陆游作品的析缕研读，填词选调、择声不仅考虑句式长短、平仄、押韵的需求，更追求以表达婉约或豪放的情怀需要等，不断地注入自己的诗词，不断提高自己的创作水平。通过对其所作500首诗词、26副楹联、25则诗话及十多篇文稿的综合分析，可以看出，他的诗词脱胎于传统诗词，其内容、意象、表述手法等等，都有着传统文化底蕴和传统诗词痕迹。一是在作品内容上，包括诗的题目和诗中所写内容，不少是在传统诗词中被反复歌咏的。如《乙未小寒》："流年光景与谁看，时序将残又小寒。海上几回明月满，人间一往此情难。当窗竹挺琅玕翠，远岫云归雾气漫。室有水仙差解意，可堪珍重报春还。"二十四节气，无疑是天人合一传统文化理念的重要组成部分，也是传统诗词时常涉猎的内容。从这首小寒诗可以看出，对时光不再的感叹，对人间幸福的一往情深，对未来的不尽期盼，这些古往今来的基于人们共有感情的宣泄，无疑是传统的，是有着长久的生命力的。二是在意象选择上，包括描述意象的语码使用上，都具有浓厚的传统色彩。如《春兴》："细柳新蒲次第生，碧桃花里起春耕。踏青正是清明好，闲看风筝放出城。"说柳说蒲，说桃说莺，说春耕，说清明，传统的踏青，这些传统的意象，通过传统的语码，承载着传统的美感与传统的情感。几千年来，这些美感与情感，已成为人们共有的传统的通感。三是在表述手法上，包括用典、比兴等，也都是传统的。如《西江月·咏莲》："太液池边倩影，濂溪笔下婵娟。亭亭净植袅风烟，播下馨香一片。　　入世应夸劲节，出尘好濯清涟。淤泥不染得真诠，可与松梅同伴！"可以看出，从李白《清平调》和周敦颐《爱莲说》起兴，基本做到了化典无痕。而莲与竹、松、梅对举对歌，有比兴，有象征，运用自然。综上可见，在诗词创作上，继承是第一位的，基础性的。罗金龙的创作实践，再一次证明了这一点。

在继承基础上创新，采百家之长成自家面目，无疑是罗金龙所追求的。首先，他追求着新时代的新情感的表达。如《访贫》："布谷声中日色温，桃花红绽小山村。春风一路长相送，又话家常来叩门。"脱贫致富奔小康，近年来社会发展的目标，诗词如何去表达，表达一种什么样的感情，极具挑战性。这首小诗很好地回答了这个问题。再如《江陵渡》："浩荡飞舟俯碧流，前生我伴谪仙游。凭谁皴取江峰色，红叶烧成一段秋。"好一句"红叶烧成一段秋"，夸张却又真实地传达出来火热的情感。这样的情感和这样的表达，无疑是很当下的很新颖的。又如《老屋》："打谷场中热未消，烹成腊味远香飘。嘴馋记得锅巴饭，土灶生柴带叶烧。"传统的生活场景，却注入了新时代的情感，读来就是今天的，就是眼前的，而且带着扑面而来的温度。其次，他追求着新事物与新语汇的表达运用。如他5首竹枝词《春节》中的3首："其二：楼台户户赏烟花，坠彩流金灿若霞。春晚正高收视率，乡情沉醉万人家。其三：瓜子香茶摆满盘，一楼语笑兴犹欢。怜它架上红鹦鹉，也向人前闹未完。其五：腊梅花好插瓶开，一对门神接福来。饺子汤圆方备好，贺年短信又新裁。"这其中，"春晚正高收视率"，"春晚""收视率"这些新词，摆放在这里，多么贴切自然。"一楼语笑兴犹欢"，新时代的新年节，好一个"一楼"的欢与笑。"贺年短信又新裁"，"贺年"是新语汇，"短信"是更新的语汇。正是这些新事物，新语汇，承载着新气象，新情感，使诗词的创新开成了诗句的花朵。第三，他追求新场景与新语境的融合形成。如《卜算子·己亥七夕》："牛女隔天河，岁岁人空老。负却佳期若许年，尘世犹痴祷。　　只自笑多情，又觉多情好。

还把多情许着人，万一相逢了。"整个场景与语境是现代的，"还把多情许着人，万一相逢了"，现代语言文字，当下语句语法。又如《西江月·三月乡村纪实》："剪剪双飞燕子，澄澄油菜黄花。一声啼鸟过山洼，唤起春光无价。　腊月归来游子，团圆节后离家。空巢人老傍篱笆，唯与桑麻闲话。""空巢人老傍篱笆"，全新的场景，全新的词境。还如《春柳》之一："又放柔丝绾客舟，渭城当日可回眸？无边雨色藏苏小，有限年华记莫愁。离合本来今古在，会心直与那人休。自饶生意春风态，望到千帆水尽头。"没有新的语句，但整个组合却是新的，是别一种状态的新语境。新时代与新情感，新事物与新语汇，新场景与新语境，这些就构成了罗金龙诗词中的"新"，同时也就描画出了具有自己特点的新面目。

  诗词创作已成为罗金龙生活的一部分。作为县级文化馆的一员，如何创作出耐得住品味的好诗，摩而生润的好词，应是分内的事情。分析罗金龙以往的诗词作品，今后在诗的创作上，应更明确地追求立意色调上的鲜亮，胸怀气度上的阔大，赋予诗词作品以力量。在词的创作上，整体上的浑然一体，气脉的贯通畅达，遣词用语上的贴切自然，还有功夫可下。同时，注重诗词创作还要注重诗外的养成，养人品养文品无疑是重要的。关心国家和人民，培养家国情怀。笃信真善美，不断提高审美品位。保持饱满的精神状态，以积极的人生态度投入创作。这些，对于创作出有筋骨、有道德、有温度的好作品都是十分重要的。我们相信，罗金龙一定会坚持不懈地努力学习实践，不断创作出好作品，不辜负人们的期待。

李伟亮

杂　诗

小雪末班车，深冬六道口。
有店未关门，孤灯仍卖酒。

上元夜小区看烟花

看朱成碧又成空，隔岁心情大抵同。
草草生涯谁共我，光阴冢上种春风。

春日采野菜

条风渐暖啭鸣禽，松下湖边细细寻。
苦菜花开盖残雪，断无人处拾春心。

上 班

桃花圆润柳参差，逐梦生涯有所思。
最是公交来往处，春风燃上玉兰枝。

武汉东湖遇雨

行吟阁畔石桥东，我亦行吟细雨中。
满目湖光天不管，荷花开到七分红。

黄昏海滩

沙温水暖鹭回翔，如此情怀坐若忘。
我向苍穹深一瞥，大潮落处月牙黄。

釜山秋日即景

石刻依稀古庙斜，向时行迹久成沙。
光阴管尽人间事，除却山根野菊花。

后桥绝句

高楼回看瘦如针，久坐班车力不禁。
行到岗山人欲睡，蝉声响彻白杨林。

夏日绝句

炎风溽暑忽雷声，阵雨清凉湿古城。
最是长街初看海，公交一叶剪波行。

京华散木兄赠正山堂金骏眉

奇峰传小种，馈我沁肝肠。
松罅多涵雨，云根亦向阳。
每凭流水活，沸得嫩芽香。
啜苦回甘后，逢人说两忘。

回保定乘K字火车

过眼风光数点青，黄昏广播细聆听。
慢车自有人情味，每在深秋小镇停。

鸽子窝公园携妻子看海

与妻并坐沐朝晖，长脚鸣禽飞复飞。
小儿不解看潮水，挖得一筐花蛤归。

晨起邛海湾写生

天光一抹淡如烟，昨夜荷花露尚圆。
芦管青青蛙阁阁，我来不见码头船。

象山堂

灯影微茫斜阳暮，一堂静立一山护。
秋深堂下碧波澄，空有闲人来复去。

洗心堂

雪松阴下绝风尘，活活堂前秋水新。
未及洗心先照影，正冠多是读书人。

丁酉腊月还乡偶题

向阳午后旧柴门，坐着苍髯南北邻。
闲说山乡无变化，经年只少一些人。

深秋答海天一兄初秋见赠

金风昨夜赖谁传，翻检交情是旧篇。
叶坠忽生蝴蝶梦，鸡鸣起看雾霾天。
萧萧斑竹凭窗立，点点黄花得露先。
更有孤灯射清影，唐诗一卷亦无眠。

赋　闲

镇日情怀水一瓢，秋来世事感萧条。
趿鞋人过东西巷，落叶书翻南北朝。
城市深居难望月，故乡久别怕听箫。
窗前尚有空闲地，洗净花瓶种蒜苗。

贺新郎·元韵奉和弓月先生与半亩塘诸君游白洋淀韵

树满青青淀。驾扁舟、一痕划破,波心圆伞。野鸟悠然飞上下,蓦地冲云不见。停歇处,小荷初绽。每说湖山容态度,仗天工、是物堪留恋。云水梦,何须盼。　　相逢情绪理还乱。谢诸君、佯狂许我,酒风吹面。人似流星争一瞬,消受斯情缱绻。但目送,河灯万点。草草生涯供笑语,倚长桥、细捻时光转。今日事,隔年看。

水调歌头·白洋淀夜放河灯

星泊野水外,淡月挂穹天。吾侪酒后重到,犹见旧桅杆。盈手荷香蜡焰,红映菖蒲采采,竟夕得长闲。数点朦胧影,无语泛波澜。　　惊飞凫,破苇巷,味清欢。此行多少奇遇,未及转身看。珍重佳辰良夜,次第沧浪如雪,载梦过汀湾。一刹流光转,明灭水云间。

李伟亮论

林　峰

"江山代有才人出，各领风骚数百年。"中华诗词自复苏复兴以来，如曙色初白，蒸蒸日上；又如雨后春笋，节节攀升。华夏诗坛风起云涌，新人辈出。人称挹风斋主人之李伟亮更以鸿鸾凤立之姿脱颖而出，头角峥嵘。昔日伟亮曾以出色诗才跻身《中华诗词》第九届青春诗会。近年再读伟亮诗作，觉其又有精进，不由心内大喜。知其寒窗发奋，朝乾夕惕，故而诗艺日富，诗境愈开也。今择其佳作若干愿与诸君共享之。

如《春日采野菜》："条风渐暖啭鸣禽，松下湖边细细寻。苦菜花开盖残雪，断无人处拾春心。"诗写春日踏青，采摘野菜之场景。扑面清风徐来，柳条送暖；满眼莺歌燕舞，春色撩人。此时应在冬末春初，否则苦菜花上，何来零星散雪。适逢乍暖还寒时节，故而游人稀少，湖景清幽。正是这片刻安宁，令诗人突发奇想，此行之意应不在采摘，而在寻春。想到此节，"断无人处拾春心"已脱口而出。可见此春心已久候多时，只等诗人来取，其余人等则无此佳缘也。如此作结，则新意顿生，兴味盎然也。首句"条风渐暖"一词取自于宋人周邦彦《应天长·寒食》"条风布暖，霏雾弄晴"一句。可见诗人熟谙经籍，故能顺手拈来，化典无痕。

再读其《回保定乘K字火车》："过眼风光数点青，黄昏广播细聆听。慢车自有人情味，每在深秋小镇停。"此诗最紧要处在乎一个情字。是人人心中皆有此感，而人人笔下皆无此句。故此诗一出，立获共鸣也。起承两句缓缓流出，看似平平，其实暗含玄机，伏笔先埋。至转合之间，温馨四溢。诗人笔锋一挫，以拟人化手法，道出慢车之所以慢，是缘于慢车亦有好善之德，不忍呼啸而过，故而逢站必停，乃体恤往来客旅漂泊之艰辛也。可谓转得巧妙，结得深情，看似浅淡，其实深沉无限。诗人亦时受奔波之苦，洞谙人生艰难，故有如斯体味，能出语不凡。此亦明人李东阳所云之"诗贵不经人道语"也！

又读其《上元夜小区看烟花》："看朱成碧又成空，隔岁心情大抵同。草草生涯谁共我，光阴冢上种春风。"元宵，火树银花，鱼龙灯海。一旦入诗入句则极易写成星光不夜、笙歌万井之类俗语套腔，而少见出新者。今伟亮此诗却写得与众不同，令人耳目一新。他无一句写元宵风景，仅首句"看朱成碧"四字稍具灯夜色彩。全诗亦由此切入，借题发挥，且愈写愈深、愈写愈妙。元宵美景于诗人眼中不过虚空幻象，转瞬即逝。而唯有迢递生涯、混茫世路，才是尘世小我之真实处境。但诗人并未消沉，依旧激情饱满，信心在握。待到春风再起之日，便是宏图得展之时。此冢应不作丘穴解，而是人生巅峰之谓。此诗名为观景，实为抒情。景可千年不改，而情则瞬息有异。以情养景，便易动人。

试赏其七律《深秋答海天一兄初秋见赠》："金风昨夜赖谁传，翻检交情是旧篇。叶坠忽生蝴蝶梦，鸡鸣起看雾霾天。萧萧斑竹凭窗立，点点黄花得露先。更有孤灯射清影，唐诗一卷亦无眠。"金风飒爽，明月高悬。此时翻检书笺，犹易睹物思人，触景伤怀。窗外斑竹萧萧，黄花点点；夜半落叶纷飞，蝶影蒙眬。诗人意绪万千，辗转难眠。伟亮以"唐诗一卷亦无眠"作结，可见诗人之别样匠心。诗书本元生命，何来眠醒一说。此间原为诗人无眠，故索性披衣夜起，挑灯展卷。于诗人看来，我读唐诗，唐诗读我，我无眠故诗亦无眠。此诗家转接之法，早已玲珑剔透。诗中"更有孤灯射清影"之"射"字，极其灵动，光彩照人。

再品其另一七律《赋闲》："镇日情怀水一瓢，秋来世事感萧条。趿鞋人过东西巷，落叶书翻南北朝。城市深居难望月，故乡久别怕听箫。窗前尚有空闲地，洗净花瓶种蒜苗。"读此诗可知诗人闲来无事，感而赋此。深秋时节，西风渐紧，百物萧条。诗人枨触清怀，深感世态炎凉，人情淡薄。诗人长居都市却无心赏月，久别故土却怕听箫声。可知诗人拼搏之不易与背井之离愁。不管红尘百丈，弱水三千，诗人只取一瓢而饮。子曰："一箪食，一瓢饮，在陋巷，人不堪其忧，回也不改其乐。贤哉回也。"伟亮以弱水一瓢自许自勉，可见其襟怀之淡定，心境之娴雅。最后以"洗净花瓶种蒜苗"潇洒歇拍，堪称豹尾绕额，前后呼应。

再读其词《贺新郎·元韵奉和弓月先生与半亩塘诸君游白洋淀韵》："树满青青淀。驾扁舟、一痕划破，波心圆伞。野鸟悠然飞上下，蓦地冲云不见。停歇处，小荷初绽。每说湖山容态度，仗天工、是物堪留恋。云水梦，何须盼。　　相逢情绪理还乱。谢诸君、佯狂许我，酒风吹面。人似流星争一瞬，消受斯情缱绻。但目送，河灯万点。草草生涯供笑语，倚长桥、细捻时光转。今日事，隔年看。"白洋淀素有"北国江南""华北明珠"之美誉。远望河淀纵横，沟壕错落；田家村井，云布星罗。堤内芳草连天，堤外烟水空蒙。古今岁月，墨客往来；吟咏之声，不绝于耳。此词即写白洋淀之诗人盛会。波上扁舟，云边飞鸟；花树相依，湖山相映。此河淀之大观也。高朋满座，诗情洋溢；洲头对酒，水畔飞歌，此诗会之佳致也。诗人上片写景，下片抒情。条理清晰，脉络分明。且景情顿挫，物趣回环，堪称山水形胜之佳构。

其他如"最是公交来往处，春风燃上玉兰枝""街头懒看桃花雪，曳着斜阳买米归""满目湖光天不管，荷花开到七分红""扑面流云沧桑甚，飘渺丹梯如画""一刹流光转，明灭水云间"，等等。或清新，或清澈；或清奇，或清朗。皆空灵飞动，跌宕多姿。品之则宜古宜今，亦俗亦雅。不故弄玄虚，不故作惊人。有感而发，以情取胜。读之则有赏心之乐，有夺目之快也。但伟亮所作亦非精金美玉，未有伦比。诗中亦见随手之句，杂陈其间。如"与妻并坐沐朝晖"失之草率，"快意登临乘兴醉"则语意重复。此类白璧微瑕，虽然难掩其瑜，却也美中不足。故艺无止境，学海无涯。日后为诗为词仍须伟亮研精覃思，千锤百炼；刻章琢句，深雕细作。须记"食不厌精，脍不厌细"。

2020年 第8期

王文钊

出国前赠绿园诗社诸友

双星遥对夜沉沉，笑说奇缘竟可寻。
一日之差亲姐妹，十三人里最知音。
拿云岂让须眉志，咏絮长留少女心。
更遣春风频护佑，飞花旋起上衣襟。

慨矣生涯固有涯，路长未敢计归家。
愿无大事多餐饭，余几闲情漫饮茶。
谁自楼中横玉管，他年窗下问梅花。
向来回首萍踪渺，落照天边散绮霞。

"滴滴事件"有感

纷繁世事久如狂，未至秋深遍已霜。
每惯目盲兼口哑，何妨魔幻作寻常。
余哀几度消能尽，热点一时沸且凉。
大梦醒来心不死，于残夜下看微茫。

浣溪沙·匆匆那年

笑语谑言似昔年，偶逢每道有书还。侧眸谁拟落花看。
尚记当时春正好，依如此夜月初圆。几回写写又删删。

浣溪沙·听西楼《孩子》

饭熟还家每道迟，书边偷画小人儿。新收消息促添衣。
万里清光今独看，一春草色旧相知。归来犹似少年时。

浣溪沙·夜读有感

掩卷初惊非此身，回灯合掌卜前尘：今宵谁作枕边人？
星海之间君与我，光年以外梦耶真。相知原不必相闻。

浣溪沙·吃货的七夕

秋入荷风香已昏,一勾新月又如银。今天还是我单身。
八两大虾堪解味,三杯小酒亦销魂。拈花逗狗自怡人。

浣溪沙·雨夜

乍起奔雷破暑天,无端心事涨狂澜。凉风入夜觉衣单。
灯下昏昏思欲睡,屏前历历写还删。渐行渐远复明年。

浣溪沙·和妈妈遛弯聊天

半月难妨催促频,行囊检点再添新。从今怕作远游人。
蛙鼓虫鸣凝碧叶,车流灯影剪黄昏。一年春负一年春。

菩萨蛮·夜宿峨眉山

游云闲卧峨眉下，小城灯火人间夜。竹影曳空明，坐看天水青。　　持杯歌一阕，欲问当时月。不见月何来，山溪空入怀。

清平乐·中央公园

轻红浅白，枝上参差碧。乍起微风香送客，缭乱一襟花色。　　光影错落天真，桥边幽曲相闻。我枕青茵睡去，潜鱼喋破春云。

人月圆·记元宵节煮汤圆糊锅

灶台不解乡思味，一任水蒸腾。煎熬红豆，流离圆子，始感飘零。　　轻寒犹是，月明何处，夜雨书灯。远潮有信，春风依约，计与归程。

少年游·译叶芝"Down by the Salley Gardens"

柔风初醒柳梢头,重过懒回眸。绿云香雪,小园深处,花事暗淹留。　　依稀人在春烟外,笑与泛轻舟。不问相逢,某年某地,记否少年游。

临江仙·致某

醉把残觞言笑,频翻底事添杯。醒时初了两心非。长街空似我,久伫不因谁。　　莫问相思何解,由来破梦难追。当年昏月暗蔷薇。千花红夜雨,一念冷香灰。

临江仙·赠友

春去犹添新绿,南薰复暖衣香。晴川烟树碧芸窗。便知天有意,珍重小时光。　　今夕遥斟月满,潮来寄予清江。明朝风雨但何妨?归看花更好,长路信芬芳。

蝶恋花·记逛吃与唱歌

古巷喧腾香气热，慢煮签签，好把成都阅。走过长街灯与月，微醺恍见花如雪。　　一梦沉酣歌未绝，忽道相逢，容易匆匆别。窗外流光明复灭，多情曾记清狂骨。

风入松·阿瓦隆公园

春潮吹破一湖冰，花信遣人听。山溪初涨苔痕腻，白石畔，数点烟青。我意携琴而往，坐看云起云停。　　轻衫客向海边行，飞鸟伴悠鸣。只身欲掷红尘外，趁长风、越过沧溟。共此天光霞色，渔歌闲卧沙汀。

王文钊论

刘庆霖

去年我刚在一篇文章提到并点评了王文钊的词,没曾想,今年她就获得"刘征青年诗人奖"了。王文钊1997年出生于北京,是北京航空航天大学绿园诗社的发起人,2017年参加《中华诗词》举办的许昌青春诗会,现求学海外。读其诗总有一种美的享受。例如:"三载飘蓬旧景殊,风尘千里只须臾。乡音未改忆当初。　时讶新梅红院角,晚来小雪话围炉。人间烟火一村居。"(《浣溪沙·回老家过年逢初雪》)大凡一首诗或者词衡量的标准,首先是美不美,因此我也曾说过"美是诗的第一要素",这首词虽然写生活中的寻常小事——"回老家过年逢初雪",却能给人以美的享受。三年在外,乡音未改,千里归来,风物依旧。这样的叙述不算新颖,却做了很好的铺垫,"时讶新梅红院角,晚来小雪话围炉",不但写得很美,也让人联想了很多,"墙角数枝梅,凌寒独自开"(王安石《梅花》),"晚来天欲雪,能饮一杯无"白居易《问刘十九》和王永彬《围炉夜话》一齐拥现,如果说这两句诗像花一样美丽,并不为过。这样美丽的风景,不单有现实的温度,还有文化的亮度。加之尾句"人间烟火一村居"的广度和深度,便给人以美不胜收之感了。由此,我敢说,"诗不是花朵而是花的笑容"。花朵的美是有限有形,是可以用相机摄下来的，而花的笑容是无形无限，只可意会不可言传的。把诗写成"花朵"容易，把诗写成"花的笑容"不易。写到此我想起莱奥纳多·达·芬奇笔下的名画《瑶公特》，亦即那"具有超自然的神秘魅力的"蒙娜丽莎。蒙娜丽莎的迷人之处不是她的相貌美，而是她的微笑。据傅雷先生欣赏，"瑶公特迷人的微笑，其实即因为它能给予我们最飘渺、最恍惚、最捉摸不定的境界之故。在这一点上，达·芬奇的艺术可说和东方艺术的精神相契了。例如中国的诗与画，都具有无穷与不定两元素，让读者的心神获得自由体会、自由领悟的天地"。

把诗写成"花朵"已经不易了，把诗写成"花的微笑"，即具有"无穷"和"琢磨不定"的美丽，当然难上加难。但是，不能因为难，我们就降低诗的标准。要知道达·芬奇画《瑶公特》和《最后的晚餐》都用了四年多时间才完成的。世界上，每一座高峰都不会轻易达到。现在，我们再回头欣赏王文钊的诗词。请看她的《浣溪沙·望江楼公园》："独坐台阶倚竹看，一亭一筑自幽然。飞云槛外入江天。　次第风华青石壁，依稀故事绿春烟。浣花遥忆美人笺。"乍读此词并未感觉其妙，待反复读其下阕，方觉有味。斑斓沾满苔痕的青石壁，随着诗人的行走而次第展开，这期间藏着多少历史和现实的"风华"啊，而这风华不过是依稀的往事，像沾着薄薄的绿色"春烟"的故事。这期间与我有关的人和事又有多少呢？或许只有那浣花女和美人笺值得我在风中"遥忆"。这一段虚实结合的夹叙夹议，让人觉得是那样的美妙，就像那可以感受到却触摸不到的"花的笑容"。当然我说的"诗是花的笑容"，并不是反对写实，诗首先是花朵。有了花朵才能经营花的笑容，这首词如果没有上阕的写实之笔——"独坐台阶倚竹看，一亭一筑自幽然。飞云槛外入江天"，便没有后来的奇妙描写。这也是说，诗人只会笔下生花还不够，还应该写出花的笑容，就像中国画儿只有工笔还不够，还要会写意，甚至要会大写意。如果用中国画的笔法来比喻王文钊的诗词，应该算是半工半写。例如她的《临江仙·译华兹华斯"The Daffodils"》："我似云游空谷下，随风摇曳金黄。万千星影落湖光，无穷天地外，心事泛微茫。　曾许多情凝睇远，相知今向何方？幽怀高卧夜彷徨。泠然花欲舞，复起故人香。""The Daffodils"即水仙花，其名应为《水仙花》。华兹华斯是英国湖畔派诗人的代表，他的《咏水仙》写得十分美妙："我孤独地漫游，像一朵云，在山丘和谷地上飘荡，忽然间我看见一群金色的水仙花迎春开放，在树荫下，在湖水边，迎着微风起舞翩翩"，"它们沿着湖湾的边缘，延伸成无穷无尽的一行；我一眼看见了一万朵"，"每当我躺在床上不眠，或心神空荡，或默默沉思，它们常在心灵中闪现，那是孤独之中的福祉"。华兹华斯的《咏水仙》很美，王文钊这首《临江仙》在意译的同时也融入了自己的情感理解。我们看这首词的下阕，"曾许多情凝睇远，相知今向何方？幽怀高卧夜彷徨。泠然花欲舞，复起故人香"，这远远超出了华兹华斯诗的含义，分明是自己对水仙花的理解以及自己情感的寄托。要理解王文钊为什么这样写，或许我们还应该了解关于水仙花的一个古老的传说：希腊神话中，曾经有一个叫那喀索斯的希腊少年，他深陷一场无法得到又无法解脱的爱情——爱上了自己的倒影，最终憔悴而死，化身水仙。少年化身水仙临水而居，享受阳光雨露，低头便能看到自己在水中的倒影。所以水仙花也代表纯真的情感，代表期盼和思念。我不知道王文钊的"泠然花欲舞，复起故人香"，是否受此启发，总之耐人寻味，像花之笑容，可以感觉得到，但又难以言表。

读王文钊的诗词，一个很抢眼的题目和诗令我反复琢磨，《"滴滴事件"有感》："纷繁世事久如狂，未至秋深遍已霜。每贯目盲兼口哑，何方魔幻作寻常。余哀几度消能尽，热点一时沸且凉。大梦醒来心不死，于残夜里看微茫。"可能许多人把"滴滴事件"忘得一干二净了。"滴滴事件"是指2018年一名正值青春的女孩儿在乐清乘坐滴滴顺风车的时候遇害了。期间通过朋友求助，朋友向滴滴平台反映，未得及时回复和解决。最终事件发生，舆论开始爆炸。虽然司机杀人，最终被判了死刑，但却暴露了社会公共安全的许多漏洞，令人深思也令人心悸。不过，这件事尽管当时社会舆论一片哗然，时过境迁，许多人真的把它忘掉了。像王文钊这样认真思考又把它写在诗里，应该是不多的。一位好的诗人，不但要在诗词的技术和艺术层面上过关，更要修养和展现自己芬芳的思想情感。王文钊说过，当下青年要有自己的情怀和担当，这首诗或多或少地体现了她的诗词观。

王文钊是一个二十几岁的学生，她的诗词优点很突出，但也并不完美。诗词创作没有最好，只有更好，我们都走在路上。但我认为她走的路是正确的，坚持不懈不断努力，定会大有作为。

2020年第10期

李俊儒

江上四绝句

明月松风启万窗，灯花照澈似银釭。
浩然一点平生快，且酹春愁入大江。

奔流万里看盈虚，彻夜笙歌动里闾。
别有风波堪出入，侧身天地我如鱼。

一任沙鸥天际回，江头且伫且徘徊。
比来无事关哀乐，只对幽花眼暂开。

钟鼓来时看月升，春潮明灭上方灯。
仰瞻北斗心如水，默对千山静似僧。

题家中书柜

岂有轩车造次频，宅从迁后愧无邻。
徒留四壁开生面，每在三更见昔人。
白日正思陶令酒，青春不受庾公尘。
城中桃李犹争放，此物原来觉最亲。

散课后见春花已开

蝶梦花期何所之，小园风暖正宜斯。
红尘已忘他生愿，紫陌犹翻世局棋。
影入曾经归想象，事成也许便迷离。
笔端借尔春滋味，记我当年一段奇。

与某共赴胡桃里音乐酒馆

薄有风情似此浓，一歌一笑也从容。
略斟残酒入前事，终碍清音迷旧踪。
杯底人如将隐月，眼中花是勿忘侬。
当年佳客今时侣，执手嫣然立晚钟。

七月十一日大雨

狂飙呼啸来,其势欲倒屋。尽汲三湘水,横飞激泉瀑。千仞劈面下,云岳如沉陆。众籁气混一,岂闻山鬼哭。龟兆江皮裂,清浊忽难卜。可怜江畔人,急蹿欲一扑。根蒂竟分离,和尘相转逐。扪胸太息久,裹足亦前福。罹患应自适,露电识倚伏。昨日安栖燕,倏尔作巢覆。斗转乾坤大,吾生渺一粟。岂欲制阴机,且安桑下宿。乌云忽自去,铁铎散何促。红日破幕出,大地如熏沐。

深夜论诗后寄肖兄志寒

气冲牛斗浩无垠,共对幽光觉有神。
一面镜天悬古月,万方归路入迷津。
文章海内期余子,温李平生作可人。
鼎食华轩寄身久,饭蔬饮水亦清新。

夜对大江

过眼纷纷事不更，流年屈指总无成。
帆开南浦初圆月，路到今生第几程。
万感星罗天实大，一身凫泛水犹清。
江风难共心潮落，咫尺波澜今已平。

北京疫情重发遂不得归

天河欲渡已无津，堕地飞花转作尘。
世上难为一千里，眼中不啻二三人。
重来但惜欢时浅，久别翻知客梦新。
只恐园深石榴睡，楼台独立亦怆神。

虞美人·课间华尔兹

　　绿场歌绕林间路，钟摆谐裙步。窗前晨课滞腰围，窗外千红百紫斗芳菲。　　新词暗谱今生意，写罢无由寄。烦君倾尽指间沙，抛却前尘流水在天涯。

余每岁冬日辄携友登岳麓山，今年因疫而阻，忆前年雪日旧游，慨然作歌

此山卓荦天下奇，于今泯然不见知。非以险拔耸人听，人遂将剩水残山以目之。前年雪压连城白，翠华想象空崔嵬。大道原无险可恃，阻我远来曷为哉。别有细路循幽访，野人指点径其上。冰阶泥滑足所践，折枝聊以充扶杖。生面别开旧所闻，泥印乱覆积雪痕。行到力尽不见山，荒堞故垒忽盘旋。回首来路心戚戚，冻云悄放山之巅。再攀始空旷，此游冠昔年。路傍黄兴之公墓，往拜恭颂始为前。标指虎军之遗址，天炉铸铁弥其坚。虽无泰山之摩刃，比临不测之深渊。俯仰城郭如丘墟，想象青壁飞炮之轰疾。劲矢曾遏钱塘水，犹不足状此险于万一。山之奇，犹有尽。山之迹，未可泯。湖以仙筑为名，山以峥嵘为引。万山初造本郁盘，人力胡为易其端。此径此险偶然得，尚不知世间多少奇险成永悭。

鹧鸪天·秋晚的时空定格

似水深蓝浸晚空，回廊倩影胜初逢。满城灯火人如豆，一点冰霜月染瞳。　　桌后语，课前钟：金风吹起忆千重。迷离百转时空里，她在春街细雨中。

蝶恋花·同桌的明信片

岁月之门醒已闭。一聚真难，一散真容易。约定带些孩子气。当时我共当时你。　　杂志掩埋书垒里。共用书签，印上玫瑰紫。小桌窗前无限事。藏于落款君名字。

李俊儒论

潘　泓

　　李俊儒是"误入"文途的理科生。来自湖南武陵的学理工的他今年只有22岁，虽为"雏凤"，但他与诗结缘的时间并不短。在此之前，他从中学时期开始写诗、成立学校诗社、拜诗师结诗友，已有了颇为丰富的诗词经历。他还曾获全国首届"爱江山杯"高校诗词创作大赛一等奖。2017年，在湖北武汉举行的"聂绀弩杯"大学生中华诗词邀请赛上，经过数轮现场比拼，他夺得了第一名。入选2018年《中华诗词》青春诗会并获谭克平杯青年诗词提名奖、"花城印记杯"2019年中华大学生研究生诗词大赛词组优秀奖等。算上武汉的这个邀请赛，他已在若干个有影响的大学生诗词赛事中有奖项的斩获。

　　现在我们对俊儒诗进行一个初步的艺术方面的考量。

　　以中华诗词的传统为出发点。俊儒诗浸染了中华诗词的思想传统、表达方式、古典底蕴和文人关怀。传统，是俊儒构建他的诗厦的基础，是他演绎思想冲突的背景，是他的诗词斑斓色彩的底色，是他的诗思源头，是他探索发轫的起点。或许很多人写诗都是从临摹而来，写诗如写字，临帖摹碑，即使再像，也不是书法。在格律这个技术层面的问题解决了之后，诗人必须面临一次破茧。俊儒没有停步在掌握格律这一级台阶上，由此出发，已对诗法、诗旨有所体味。我们看他的诗，《寄鹏举》："感君意气共凌霄，频梦春风廿四桥。……一挂征帆江海上，痴心分付广陵潮。"开门见山而意象丰饶妥帖。写生活细节如《乘电梯不得》："湖海何由识故人？玉梯归置自横陈。也如王谢堂前仆，不是公侯不应门。"是于收结处发力，七绝常用之法。《与某共赴胡桃里音乐酒馆》中说："薄有风情似此浓，一歌一笑也从容。略斟残酒入前事，终碍清音迷旧踪。杯底人如将隐月，眼中花是勿忘侬。当年佳客今时侣，执手嫣然立晚钟"。含而不露，但诗有煽情的深沉力道。可以得见，他对"诗言情"已有深切的领悟。

努力开拓题材的涵盖面。仅仅对章法诗旨的了解和运用，还不易写出有自家面貌的诗来。雷同思维、落套，是诗之大忌。俊儒或许深知这一点，因此有意识地避免平易、简单，避免重复前人、别人和自己。如这首《疫中吟》在这方面即较为成功：我有书一沓，如对千竿竹。我住百尺楼，暂免池鱼戮。天临大野阔，日高意自足。藏蜗无他累，未解修边幅。有时忘物我，有时闻歌哭。有人擅清谈，有人已前仆。乍暖春气候，朝夕成翻覆。昨日风拍夜，明日诚未卜。广厦不可问，蜷身避一屋。余毒流天下，闾里尚驰逐。茫茫家国感，历劫方深笃。百学成底用，惭愧十年读。

以俊儒这个年龄，与其同龄人一样，基本是出学校门就进学校门。俊儒在避开关照面狭窄、写情感囿于内心感受、写外物限于校园家庭这个问题上是比较成功的。题材宏阔尽管要时间的积累，但校园生活之外，历史人文，山川风物，社会事件，人际往来，莫不可写，因而他的诗涵盖面是很广泛的。如《蝶恋花·同桌的明信片》是独特的校园题材；《喝火令·泛湘江即景》是山水登临；咏物的如《杨花》；酬唱寄怀的如《答尹公夜中来诗》《寄钺一》；即事抒思的如

《余访亲，入小区，客梯无业主卡不得使用，遂困于楼下一刻钟，乃戏题》；写亲情的如《赴京途中家中来电告知外祖父病情》。作者近来还将视线放到对时代家国的大事件的关注上，如《庚子元夕》："年来纸上惯谈兵，满地氛埃尚未平。才看名城归劫火，忽逢佳节失欢声。迢迢春水愁边断，隐隐烟花分外清。十五荆湘风雨夜，莺歌何日报新晴。"

文字注意呈现自家面貌。语言是情感的外壳，诗的语言和表达方式，也是诗人的一个重要辨识参照维度。俊儒诗，以流利、明快为基调，依作品的情感色彩，能作灵活自如的变换。老杜诗，同样是写战争家国，五律"烽火连三月"与七律"漫卷诗书喜欲狂"，其情感差异非常大，因此语言色调差异是非常大的。如能做到这一点，便可视为跳出了语言模仿的范畴了。诗的语言即风格，风格可以学习，可以偏爱，深陷不拔则诗路变窄，能"通"则能"变"。雅而难"俗"或"俗"不能雅，文字或浅白无味，或佶屈聱牙，或古奥晦涩，只此一技，则写作时手段羞涩。不限于青龙偃月刀与丈八蛇矛，即使摘一片树叶亦可制敌，不局限方能不局促。作为青年诗人，他没有局限如此。如《漫题一首》："春风春水钓翁宜，满目浮云有尽期。长夜迟人看花梦，新书误我买山资。日移残照来帆影，天办轻愁到柳丝。俯仰深林飞一线，鹧鸪虽老不曾枝。"意语老到而流利。

能自如地驾驭情感。表达方式掌握得熟练与否，也是诗人成熟度的一个标志。像书法之行笔，要能润而不滑，质而不涩，这个度把握得如何，最见功力。善于挖掘，用深度、宽度、高度决定诗的丰度。人有七情，皆令入诗则诗不苍白。诗中有我与诗中无我，只是作者表达情感的角度不同而已。写家国情怀的大题材，没有"我"的情感，何能动人。有情才是诗，有真性情才是诗。俊儒的喜怒哀乐，能赤裸裸地表现，如婴儿之啼哭。同是某事某物，所见与众不同，所抒的情自然与众不同。同是某事某物，此时所写，与彼时所写，又有不同。我们看下面这首词，从标题看即很"前卫"，但作者的意绪一样得到了畅透的表达，《鹧鸪天·秋晚的时空定格》："似水深蓝浸晚空，回廊倩影胜初逢。满城灯火人如豆，一点冰霜月染瞳。　桌后语，课前钟：金风吹起忆千重。迷离百转时空里，她在春街细雨中。"寄慨寓怀，文能达意。

　　善于捕捉意象，诗句灵活多变，皆能臣佐主题。他的《与某共赴胡桃里音乐酒馆》物象取用与语言用法，有李商隐的痕迹："薄有风情似此浓，一歌一笑也从容。略斟残酒入前事，终碍清音迷旧踪。杯底人如将隐月，眼中花是勿忘侬。当年佳客今时侣，执手嫣然立晚钟。"这是从传统中来的表达方式。而同样是表达类似情感，俊儒用的是"新诗"手法来写，一样颇能感人。《玉楼春·雨中咖啡馆》："黄昏笼罩咖啡馆，一缕时光浓且漫。隔窗细雨有谁听，往事如歌成片段。而今总说从前慢，思绪又回当日晚。誓言不在纸条间，我已写于星点畔。"

　　俊儒正在人生和诗词写作道路上意气风发地行进着。他曾说诗歌于他而言，是生活的调节剂，是情感的输出口。诗词创作已经成为他生活中不可分割的一部分。当然俊儒诗还有一些待提升之处，如写诗来得快但有时欠打磨不够圆润；发思发议还有些青涩；用典用事多却偶欠妥帖；章法尚见摹仿痕迹。但这些丝毫不影响他是行走在守正与探索道路上的诗人，是正在用好奇的眼光观察与思考世界的诗人。

郭小鹏

谒盐城陆公祠怀陆秀夫

浩然史册鉴忠贞,我自来时春已深。
廊壁石苔灰漠漠,崖山浪屿寂沉沉。
一书生为国家死,万世名留天地存。
仰止堂前花静默,遥同碧海证丹心。

闻农民工为省路费不回家过年

口袋余钱没攒多,忽然又快过年了。
欲言清苦能言否,将寄闲愁可寄么?
满手泥灰关客梦,两肩雪雨化夯歌。
拨通电话强颜笑:我在他乡挺好的。

秋日归乡与妻携儿山野漫步有忆

曾记田间我与她,如今多个小冤家。
当时春绿千山树,此刻心迷遍野花。
偏爱秋风醇似酒,更思往事淡如纱。
诗情幸未消磨尽,聊共残蝉与晚霞。

有感于小儿开学前夜补作业

小儿也怕起秋风,月照愁眉有苦衷。
我道假期将落幕?其言作业未完成。
若能昨日晨闻鼓,何必今天夜挑灯。
只叹年轻还不懂,诗书藏腹乐无穷。

过老村忆儿时捉迷藏

犹记当年那个谁,村头我跑你相追。
笑声烂漫溪林绕,脚步轻盈鸟雀随。
裁缕霞光留巷陌,藏些心事到柴堆。
如今情境仍然在,却叹青春找不回。

春晨漫步盐渎公园

漫步闲拾一缕霞，盐渎之畔避尘沙。
波摇桥影清鳞戏，鹤舞琴音幼笋发。
池榭莺歌催健步，范堤烟柳系浮槎。
欲歇脚处谁争艳？月季花和芍药花。

暮春归乡

斜阳半落似凝眸，春色将随暮色收。
倦鸟归来栖老树，炊烟升起绕新楼。
村头闲看童嬉戏，坡下遥思我放牛。
世事岂因人事改？门前依旧水东流。

母亲不知有母亲节

心中反哺少了些，唯有相陪最妥帖。
儿女但行儿女孝，母亲不过母亲节。
真情每每多繁琐，大爱常常是简约。
莫待春归怜逝水，无人能补月圆缺。

雨后秋晨

清晨淡雾锁重楼,远处残蝉叹不休。
檐上还滴隔夜雨,心中未解去年愁。
一庭枯叶时飘落,几缕悲伤总逆流。
镜里忽然节序换,那些岁月被谁偷?

高中同学二十年小聚

前尘往事近萧疏,何故清心染世俗?
把酒终难分主客,转身各自入江湖。
风花雪月方读懂,柴米油盐未走出。
更叹青春如水逝,渐行渐远渐虚无。

清明假期开车自黔返潍

回乡千里一孤车,日夜行来春水多。
风过江愁舟不解,花开林寂燕能说。
村头老马怜雏影,路上新痕覆旧辙。
且送斜阳云外去,人生何必叹蹉跎。

工地因雪停工偶闲

图纸铺开徒自急，忽来飞雪误工期。
手中烟解愁和躁，窗外云迷朝与夕。
聊聚火锅闲佐酒，遽怜落叶欲成泥。
一城车马今安静，偶有寒鸦向晚啼。

毕业20年后重游济南泉城公园

谁说往事逝如烟？故地重游却黯然。
世路未行千里远，人生已过二十年。
公园树老犹能倚，小巷灯昏不敢前。
愈向南城心愈怯，只因旧事在城南。

出差铜仁过长沙偶遇家妹

天涯倦旅未曾留，云惹乡思绕指柔。
秦岭纵横分两季，烟波浩渺载孤舟。
黔东又遇潇潇雨，笺上还吟淡淡愁。
客里相逢应莫叹，人生不止稻粱谋。

水调歌头·回家过年

一夜到村口,思念作归舟。晨鸡啼处,更见春意绕新楼。林外半溪梅影,堤岸两行老柳,摇曳几分柔。门前小桥下,依旧水东流。　心中笑,腮边泪,不曾收。嘘寒问暖,相聚淡看稻粮谋。亲友围炉换盏,鞭炮迎新辞岁,倾语更无休。火树银花夜,把酒话乡愁。

八声甘州·读明史有感

看千秋明月照人间,问谁是英雄。念沉沙往事,水还东去,花又飘零。尘世烟云已散,史册载奸忠。多少豪杰梦,都付东风。　铁骑驱逐胡虏,御边敌疆塞,铁骨铮铮。立威德八面,永乐海波平。怎堪惜、志能无继,叹归鸿、曲尽断弦空。霜秋后、江南一梦,也是曾经。

郭小鹏论

武立胜

在青年诗人中，郭小鹏是个"幸运儿"。2019年上半年，他以将满40周岁的"高龄"入选《中华诗词》杂志的青春诗会。而下半年，他再次以"压哨"年龄夺得第二届"刘征青年诗人奖"。但是我们都知道，天上是不会掉馅饼的。即便会掉，也不可能全砸在一个人头上。通过小鹏的作品，我们可以看出来，这种"幸运"能一再光临小鹏，绝非是偶然事件。小鹏的作品，有着鲜明的个人辨识度。

一是题材之现实性。人们普遍懂得"艺术来源于生活"的道理，但能够真正将笔端触探到生活底部，关注时代、贴近现实的却并不多。更有一些人，自诩诗词是"贵族文化""士大夫艺术"，远离民众故作高雅，满足于自我宣泄自我陶醉。小鹏则不然，他始终将诗的根须深植于生活的土壤。如他的《闻农民工为省路费不回家过年》："口袋余钱没攒多，忽然又快过年了。欲言清苦能言否，将寄闲愁可寄么？满手泥灰关客梦，两肩雪雨化夯歌。拨通电话强颜笑：我在他乡挺好的。"小鹏本身就是个打工人，学校毕业后，就是从建筑工地开始了自己的生活体验。所以，他对打工人的生存环境和心理状态，能够理解和诠释得比别人更加准确与深刻。"曾记田间我与她，如今多个小冤家。当时春绿千山树，此刻心迷遍野花。偏爱秋风醇似酒，更思往事淡如纱。诗情幸未消磨尽，聊共残蝉与晚霞。"（《秋日归乡与妻携儿山野漫步有忆》）充满情趣的个人生活，其实也是社会的缩影和时代的写照。我一向反对"无事诗"。无事而诗，必然难以摆脱闭门造车和无病呻吟。小鹏的作品如《参观国庆七十年成就展与老红军聊昨话今》《陪老婆烫发》《水调歌头·回家过年》《八声甘州·读明史有感》等，一看题目，就知道事有出处、诗有来历。诗人只有保持对现实世界的敏感，才能写出有筋骨、有道德、有温度的好作品。

　　二是感情之真挚度。情感是艺术创作的"发动机"。自古至今由中至外，文学理论研究者无不把感情放在最重要的位置。白居易言："感人心者，莫先乎情……"金代刘祁《归潜志》亦说："夫诗者，本发其喜怒哀乐之情，如使人读之无所感动，非诗也。"小鹏在《母亲不知有母亲节》后二联写道："真情每每多繁琐，大爱常常是简约。莫待春归怜逝水，无人能补月圆缺。"对母爱体察深切、描写细腻，感恩之情真挚饱满、深沉厚重。"若能昨日晨闻鼓，何必今天夜挑灯。"（《有感于小儿开学前夜补作业》）为人父者对孩子的怜惜以及恨铁不成钢的复杂情绪溢于言表。"一书生为国家死，万世名留天地存。仰止堂前花静默，遥同碧海证丹心。"（《谒盐城陆公祠怀陆秀夫》）借对陆秀夫之赞扬表达自己的家国情怀，语言简单但内涵丰富，感情内敛但张力十足。"风凭青鸟传春意，我献丹心抵药钱。"（《庚子正月，居家避疫之一》）对举国抗疫的美好期盼和祝愿跃然纸上；"诗稿折成千纸鹤，哀思祭作一枝梅。"（《庚子正月，居家避疫之二》）表达了对染疫逝者的无限哀思与惋惜。小鹏诗词中的情感表现，从来都是下笔不轻不重、格调沉稳，情绪饱满但又不给人以"鼓胀"的感觉，绝无"表白式"的表达，更不给人声嘶力竭的"嚣叫感"。娴熟的"技术"不一定是好诗的"车床",真实的情感才是创作的源泉。信然!

三是语言之生活化。有人认为,诗词是高雅的艺术形式,高雅的艺术形式就必须用华丽的语言来进行构造。这个认识不能说完全没有道理,但至少不够全面。诗词语言与诗词风格都具有多样化特征。唐代诗僧皎然在《诗式·取境》中指出:"诗不假修饰,任其丑朴。但风韵正、天真全,即名上等。"小鹏在《过老村忆儿时捉迷藏》中写道:"犹记当年那个谁,村头我跑你相追。笑声烂漫溪林绕,脚步轻盈鸟雀随。裁缕霞光留巷陌,藏些心事到柴堆。如今情境仍然在,却叹青春找不回。"有人竭力反对诗中用"那"字,但小鹏的这个"那"字用得却不给人阻隔与滞涩感。作品的文字简单纯净,语言朴实自然,与内容的"契合"恰如其分。"惊起狗和鸡乱跑,冻得脸与手通红。雪球扔进春天里,笑语飘于巷陌中。"(《村口忆当年打雪仗》)、"村头闲看童嬉叟,坡下遥思我放牛。"(《暮春归乡》)颇有些聂绀弩的调调。"欲歇脚处谁争艳?月季花和芍药花。"(《春晨漫步盐渎公园》)、"楼顶月非独往客,街头风是自由身。"(《秋夜乘公交末班车晚归》)语言也都平静恬淡、质朴纯真,看似漫不经心,却又味道无穷。还有图纸、工期、火锅、末班车、加班加点等这些现代生活当中才有的词汇和意象,都曾出现在小鹏的诗中,使他的作品充满了现代气息和烟火味道。

四是用韵之时代感。小鹏是迄今为止青春诗会和"刘征青年诗人奖"唯一一个全部用新韵创作的诗人。在新韵尚未被诗界普遍接受甚至还在被一些人歧视的情况下,这种做法尤其显得"大胆"。"前尘往事近萧疏,何故清心染世俗?把酒终难分主客,转身各自入江湖。"(《高中同学二十年小聚》)、"回乡千里一孤车,日夜行来春水多。风过江愁舟不解，花开林寂燕能说。村头老马怜雏影，路上新痕覆旧辙。且送斜阳云外去，人生何必叹蹉跎。"（《清明假期开车自黔返潍》）这些完全用新韵写出来的作品，"味道"一点儿也不差。创新是艺术进步的润滑剂。周啸天教授将诗词创新概括为四个方面："或新于命意，或新于题材，或新于措语，或新于手法。"其实，诗词用韵的求新，应属于"新于措语"的范畴。如果不用新韵，便不可能出现"路上新痕覆旧辙"这个用入声字作韵的句子，也不可能有"柳外一溪山麓远，桥边几树杏花白"（《乡行》）这样清丽淡雅、意态通灵的佳构。

评价一个诗人及其作品，要实事求是、客观公允。说好就一骑绝尘、无人企及，说差就一无是处、不忍卒读，都不是负责任的态度。小鹏特点是鲜明的，不足也同样显而易见。概而括之有以下几个表现：一是体式单一（多写七律），二是炼字弱于炼意，三是粗犷有余而精细不足，四是"通俗化"风格追求与诗词"雅致"艺术特质之间的矛盾未能很好地调和。小鹏将来要着重解决好两个问题：一方面，在"写什么"上要"有所为有所不为"。关注现实，保持对生活的敏感度是诗人必须具备的艺术素养，也是获得创作灵感的重要途径，但又绝不能"剜到篮子里就是菜"，逮着什么写什么。不要别人"咏唇形红叶"你也"咏唇形红叶"，别人有"一张琴""一壶酒"，你也要有"一张琴""一壶酒"，少一些跟风炒作的浮躁，确实做到因事而触有感而发。二是要端正作品的"品相"。精细打磨、认真锤炼、反复推敲每一首作品，找到"通俗"与"高雅"之间的适配路径，让自己的作品更加"相貌端庄、骨骼清奇"。我们期待着！

李 洋

山 中

深山眠古刹,危石冷青苔。
林涧空潭处,花随一念开。

某幼教班

悦耳甜声线,齐眉小发型。
遍询何理想,大半是明星。

无 题

一幅蓝图百变身,老城许诺焕青春。
忽然微信推消息,市长今晨已换人。

日 记

柜底尘封旧物堆，重翻过往久相违。
几张夹页曾撕去，忘记当时为了谁。

夏洛特烦恼

屏前但看喜和哀，剧本无非剪或裁。
谁借青春橡皮擦，曾经笔误复重来。

风 筝

未信生涯伴龀童，临风一跃向苍穹。
云霞眼际何难至？仿佛牵于谁手中。

小女初学琴

键盘小手奏叮泠，屏气凝神侧耳听。
曲到终章仍未识，满天都是小星星。

送小女升学

新生入校榜单旁,细数儿名第几行。
总算浮生堪一笑,年前购得学区房。

重回故校

瓷砖红瓦绿窗纱,柳叶池塘淡淡霞。
隐约情怀风里曲,朦胧岁月手中沙。
擦肩而过当年我,顾影犹怜昨日枷。
心愿如何未开口?今生陪你放烟花。

游夜樱园,闻花期七日后作

绽放枝头烂漫身,霓虹解意惜花人。
七宵风后卿成雪,百载山巅我亦尘。
日月轮回安肯驻?灵魂印记或堪循。
丛中拾取纤纤瓣,留赠他年一段春。

山居独酌

闲卧摇藤小院东，远方星火渐朦胧。
已无尘俗萦衣袂，惟有明辉入眼瞳。
风绕发端情一缕，虫吟阶上影千重。
浮生多少烟霞梦，漫向樽前问始终。

某 君

总算迎来老宅迁，悠然别墅榻中眠。
余房此后堪抬价，学历如今不值钱。
偶尔网名称破虏，何妨座驾是丰田。
惟忧难觅倾城色，配我翩翩美少年。

记事本

重翻柜底旧书笺，小小心情有几篇。
常念球鞋迟褪色，曾催夏枣快成鲜。
轿车驶过村头路，梦想飞于垄外天。
那日誓言犹在耳，工资长大过三千。

雪夜加班途中

窗前飞雪映霓虹，路滑行车慢似虫。
心系工资仍有待，梦如股票渐成空。
多年已惯风和雨，何日方安达或穷？
后视镜中惟剩夜，几丝灯火渐朦胧。

爷爷的半瓶战地茅台

白瓷瓶上已无名，遍体划痕若有声。
壕内每承离别嘱，阵前亦证死生盟。
于今某日仍斟满，从此经年不伴卿。
只是偶然闻呓语，晨曦一线渐黎明。

车辆保养之旧轮胎

表面花纹剩未多，流光何奈任消磨。
往来常在晨昏路，颠倒无非上下坡。
欲向八方追岁月，终归一点转陀螺。
喧街少我应如故，仿佛当年某首歌。

鹧鸪天·蝴蝶花

旧照斑黄素手拿,暗嗟岁月逝流沙。誓言于我终成假,痴语陪谁总是差。　　心未改,意如麻,从来咫尺即天涯。曾经那日秋光里,长发斜编蝴蝶花。

鹧鸪天·老屋

槐叶低垂瓦舍青,时光宛若此间停。墙留斑驳涂鸦墨,井掩依稀汲水声。　　云淡淡,月盈盈,传闻宇宙亦平行。好奇可有儿时我?一样抬头看晚星。

李洋论

宋彩霞

真是巧得很，在《中华诗词》2019年江苏盐城大洋湾青春诗会上，他是入选的十人中的一员，并是我带的学生。第二届"刘征青年诗人奖"评选出了6名青年优秀诗人，李洋名列其中。还由我来说几句话，我由衷地为他高兴。今次重读他参与第二届"刘征青年诗人奖"评奖的自选20首诗词，真是赏心悦目。

李洋与诗词结缘，还得从他与家人的聚少离多说起。他1982年11月生于河南省内乡县，高考后到湖南长沙的国防科技大学读机械工程自动化专业。2017年调山东烟台市，任该市莱山区人武部副部长。参加工作后有很长一段时间，与家人聚少离多，一些对家人的思念、一些莫名的情愫，总想找一种合适的渠道表达出来，开始写诗词正缘起于此。他从事诗词创作时间虽然不长，但收获了很多的鼓励：2019年，选拔参加青春诗会，获"雏凤"奖；2020年又获第二届"刘征青年诗人奖"。

李洋在不断写作的过程当中，也逐步形成了一些自己的诗词写作风格，可以看出，他的诗词语言脱胎于传统诗词。又在传统的基础上注入新的语言词汇，闲淡悠远，饶有风致。

首先，他的作品来源于生活，化艰辛于平淡。写寻常生活的作品，他经常使用时语。如：《车辆保养之旧轮胎》云："表面花纹剩未多，流光何奈任消磨。往来常在晨昏路，颠倒无非上下坡。欲向八方追岁月，终归一点转陀螺。喧街少我应如故，仿佛当年某首歌。"不限于写景，而是通过巧妙的联想，将景色与时事相连，并从中悟出道理，语言浅近俚俗，好用时语写时事，风格平易浅近，时涉游戏之笔，但能入以感慨、施诸讽喻，亦别有味道。首联可谓本色当行，突兀高远，抱而不脱。一下子就吸引了读者的眼球。颔联之"往来""颠倒"极具动感。用"晨昏路"和"上下坡"挽断，顺手自如，得见章法，富含哲思。岂止是轮胎，人生不也是起起伏伏。当年的那首歌留给读者更久远的猜想和回味。尾联结得很阳光，很自信，境界自出。《送小女升学》云："新生入校榜单旁，细数儿名第几行。总算浮生堪一笑，年前购得学区房。"小诗构思缜密，布置得当。开门见山，笔力简约紧凑。通过"年前购得学区房"，才使得孩子成绩名列前茅，虽然没有说排名第几，但"堪一笑"句则尽在不言中。一个父亲的小日子、小幸福悠然而来。亦见巧思，小中见大，端是妙笔。整诗风格看似平易，却不清浅媚俗，而是化艰辛为平淡。

  其次，他的作品性情悠远，饶有风致。2018年9月25日，李洋在"东京赶考·圆梦中秋"快诗大赛中获得了第一名。作品如下：《西湖金秋》云："船到西湖分外轻，风帆划破浪晶莹。绝怜一抹潮心月，似诉今生未了情。"《临江仙·西湖金秋》云："亘古徜徉云上，有时坠落人间。月华冉冉洒霜天。往来多少事，西子也微澜。　且捧一泓湖水，且望鸥鹭飞旋。秋香万里静芳年。今宵慵归去，归去亦愁眠。"星汉老师在现场点评道："在36分钟之内，考生要完成一诗一词，委实不易。李洋在限时、限题的情况下，格律全合，行文流畅，连贯通脱。

绝句《西湖金秋》，首句写船快，实写作者轻松之心情。第二句"划破浪晶莹"，为"划破晶莹浪"之倒文，言西湖之美。第三句转折，写湖心之月，并将'月'拟人化，对西湖倾诉无尽情思。《临江仙·西湖金秋》以夸张之辞，极言西湖之美。李洋一诗一词，脱颖而出，获一甲一名，自当无愧。"云云。诚不虚也。在我看来，一诗一词巧妙而有寄托，措语亦工，不即不离，既能形容物态，又能借物言志，抒发一己怀抱，短时间内写出，从容自有风神。

  第三，他的作品新时代新语言运用自如。如：《夏洛特烦恼》云："屏前但看喜和哀，剧本无非剪或裁。谁借青春橡皮擦，曾经笔误复重来。"《夏洛特烦恼》是开心麻花2012年首度推出的话剧，该作讲述了一个普通人在穿越重回到高中校园并实现了种种梦想的不可思议的经历。夏洛前去参加自己曾经暗恋的校花秋雅在豪华酒店隆重举行的婚礼，为她祝酒时夏洛面对周围事业成功的老同学，发现只有自己一事无成，心中泛酸，借着几分酒意大闹婚礼现场，甚至惊动了110。而他发泄过后却在马桶上睡着了，梦里重回高中，报复了羞辱过他的老师、追求到心爱的女孩、让失望的母亲重展笑颜，甚至成为知名作家、音乐人、网络红人，一连串事件在不可思议中火速发生。沉醉于这样奢靡生活的夏洛内心一直觉得少了些什么，却无论如何也无法追寻，直到他遇到了一个人……"谁借青春橡皮擦。"句出新，似未有人道。与结句"曾经笔误复重来。"珠联璧合，富有哲思。有此句，可悟用笔之妙。还如《鹧鸪天·蝴蝶花》云："旧照斑黄素手拿，暗嗟岁月逝流沙。誓言于我终成假，痴语陪谁总是差。 心未改，意如麻。从来咫尺即天涯。曾经那日秋光里，长发斜编蝴蝶花。"这首写得比较含蓄，表面上是在写蝴蝶花，通过蝴蝶花引出一段有缘无分的故事。主人公拿着泛黄的旧照片，感叹逝去的岁月以及那些软语誓言。可是主人公之心从未改变，时过境迁，时常见面却如同陌生人。那么近在咫尺也好，远在天涯也罢，曾经秋光里的长发翩翩还有斜插的蝴蝶结，那段美好的记忆，永远留在了心底。就语言而论，有漱玉风味。"从来咫尺即天涯"词家语，不假外求，举重若轻。回应起处，针缕细密。楚楚动人。

李洋诗词文白兼施，常有巧思巧构，时杂诙谐之笔，风格或近于醇雅，或偏于浅近，皆能以感慨、寄托入之，遂能使归于正，自成一家面貌。

诗词创作已成为李洋生活的一部分。不可否认，每个人的生命体验都与家国紧密相连。家国情怀之所以成为中国人浓烈的精神底色，有赖于长期历史发展的积淀与文学艺术潜移默化地熏陶滋养。关注时代，反映现实向为历代诗家所重，也是今日我等诗词创作之主要取向。希望李洋今后在弘扬主旋律、唱响正气歌方面多涉猎一些。创作不能脱离主流价值，要与自己所处的时代肝胆相照，要做脚踏大地的写作者，要突破自我，要有为时代发声的热情。这也是诗人毕生追求的终极目标，与李洋共勉。

2021年第1期

第二届"刘征青年诗人奖"获奖诗人
致敬刘征老师

刘 征

听六青年诗友诵所赠诗词二首

漱石春泉清似酒,摇金杨柳乍闻莺。
老来已见激情减,又为新花喜泪零。

昭代诗坛百样新,或擂大鼓或弹琴。
好诗何似不须问,血荐轩辕自有神。

罗金龙

获第二届刘征青年诗人奖和刘征前辈二首

林间籉解才萌笋，柳外声闻出谷莺。
沧海钓鳌应可待，会看明日大潮生。

番风吹过应时新，花气袭人漾好春。
最是波光尘不染，临流一掬长精神。

李伟亮

元韵奉和刘征老师绝句二首

种花少驻庭前雨，移竹时听柳外莺。
展句知公诗兴好，苍松雪后不凋零。

最是人间一曲新，怜才重置七弦琴。
吟哦已带苍生念，化作诗章自有神。

王文钊

获第二届刘征青年诗人奖和刘征老师二首

弹琴长啸声依旧,雏凤吟哦韵转清。
檐下秋风秋雨迹,护花荫叶未凋零。

泽润芳菲百草新,词章济世入瑶琴。
诗心何惧春光老,化雨春风自有神。

李俊儒

奉和刘征老二首

春已归来心亦惊,新秋天气若闻莺。
临屏也奏高山曲,弦上峥嵘取次听。

大道之行万态新,文章至公老尤醇。
百年更见千年景,始信风骚代有人。

郭小鹏

获第二届刘征青年诗人奖有感步韵刘征老

经年犹记青春志,愿做花间破晓莺。
未必能吟惊世句,只将诗箧屡归零。

总爱青春曲调新,心中有韵不须琴。
花逐流水莺声外,风送晨钟更入神。

李　洋

获第二届刘征青年诗人奖和刘征老

当年寂寞亦前行,偏向诗坛觅正声。
莫笑痴心宁舍业,人间自有度量衡。

江天迢递拜无门,一种情怀别样深。
赠语如山岂相负,终于绝顶笑风云。

贺刘征老九五华诞

高　昌

寿星明·贺刘征老师九五华诞

九五之尊，星斗其诗，冰雪至诚。但斯文共说，老来庾信；谁人不识，天下刘征。瀹茗生香，挥毫散绮，风铎振振无限情。桑榆美，更崔嵬晚节，浩荡新程。　陌头桃李初晴，引百亩春风花叶荣。想有情觞咏，寓言世态；无邪杖屦，逸响人生。散淡襟怀，萧骚霜鬓，磊碗驰驱证笃行。溪山远，是常新雨露，难老椿龄。

范诗银

谢刘征老赠撰并书联

龙蛇依旧竞风姿，敢问先生年少时。
有墨一挥天泼雨，流波潋滟浣花辞。

浣溪沙·贺刘征老九五大寿

雏凤行行字字亲，曾如雏凤驾征轮。九十五载印鸿痕。
我为先生斟寿酒，折枝松绿纵高吟。新中国语两三人。

林　峰

刘征老九五华诞

长庚应不老，照得暮云开。
又见天边鹤，双飞座上来。

刘庆霖

鹧鸪天·贺刘征先生95岁华诞

近百高龄声似钟，诗坛宿将自非同。砚池研墨北溟水，笔底生莲西岳峰。　　能画虎，可雕龙，寓言讽刺建殊功。一根拐杖知风雨，曾在山间伴老松。

宋彩霞

最高楼·恭贺刘征老九五华诞

公知否，歌动九州听。下笔海山惊。一怀襟抱青春意，几年捐赠为雏声。赖文星，扶后学，玉芝生。　　最爱海，海中升皓月。最爱月，月中藏白雪。江湖里，画船轻。阿龄已惯陪身侧，键盘起舞响雷霆。愿南山，松不老，大峰青。

李赞军

诗书相伴、快乐同行。祝刘老健康长寿！

潘　泓

清平乐·贺刘征老九十五岁华诞

挝金鸣鼓，鸿雁云霞句。谁说诗人曾老去，依旧韵旌高举。　爱心风雨人寰，慈眸日月关山。欲问寿星何在，吟声朗朗花间。

胡　彭

恭贺刘征老95大寿

佳辰遥叩寿星公，霁月光辉耀古松。
九十五年风雨过，鸣鹗鸣凤尽情中。

何　鹤

贺刘征老九五大寿

诗心浩瀚信无涯，情系天边万亩霞。
检点篇中多理句，原来是个寓言家。

张亚东

刘征老九五大寿

大美江山正苍郁，又逢华诞念容音。
诗情常伴激情在，再见仍然年少心。

王丽萍

恭贺刘征老九五大寿

斟词酌句不辞频，笔走龙蛇惜墨痕。
岁月悠长心未老，诗风浩荡梦犹存。

郑　欣

健康如意，福乐绵绵；
笑口常开，益寿延年。

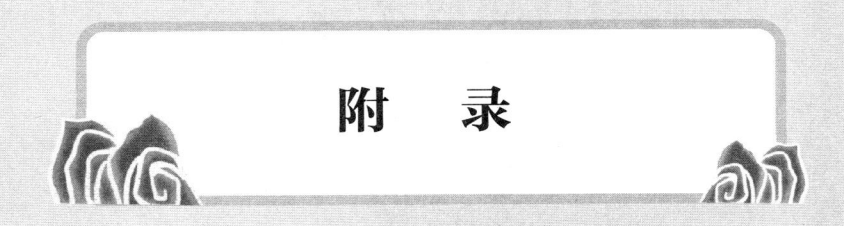

附　录

臧克家致刘征书信

刘征同志：

　　信到。蒙奖许，甚谢。您的旧诗拜读数遍，觉得颇好，警句略少。"卜算子"我颇喜爱。您的寓言诗，《诗刊》刚创刊，我即提出作为"花色"之一，而今已大放，受到欢迎，心中极喜。您新寄《诗刊》两首，未见。我不管具体的稿子。

我最近将陆续有诗文发表，见到后，望指正。七律一首奉正。这类诗，不能发表。我写了五十七首旧体诗"忆向阳"，将陆续发表。您的这三首诗词，暂留我处。我存一诗囊，文友诗友诗，几十家，不下数百首。好！

克家上

元月四日

| 雏凤清于老凤声 |

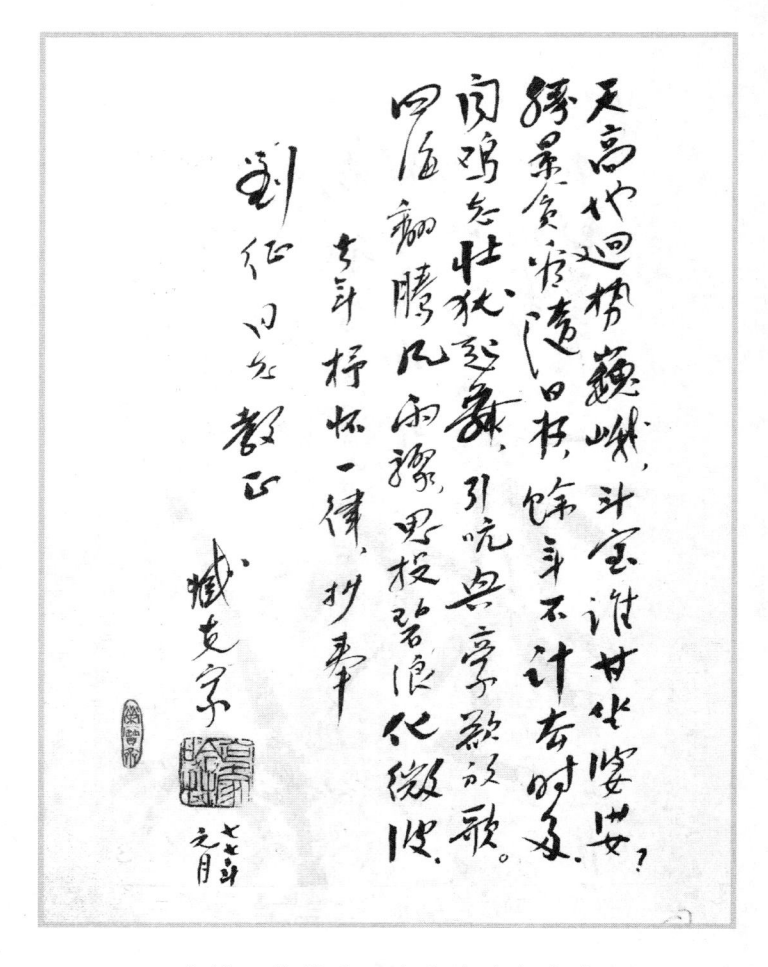

天高地迥势巍峨,斗室谁甘坐婆娑?

胜景贪看随日好,余年不计去时多。

闻鸡志壮犹起舞,引吭兴豪欲放歌。

四海翻腾风雨骤,思投碧浪化微波。

去年抒怀一律,抄奉刘征同志教正。

臧克家

七七年元月

刘征同志：

　　读大作，眼明心快，眉飞色舞。艺术感人伟力如此。你的词，不论意境与表现力，均使人深佩。足见修养深，功力到。我对旧体诗词，爱之极深，架上枕边，日夜不释。但只欣赏，不研究。也曾未"填"过词，对格律也不熟习。至于好坏，自信尚可鉴别。我对东坡的词甚喜爱，情真辞切。我处友朋诗词汇集极多，有的甚佳。几时抽空来，小坐谈诗，清茶对酌。节日前后，事较多。将来来时，先打个电话。握手！

克家上

元月十一日

刘征同志：

　　信及词均已拜读。你的作品，情调新，想象活泼，我甚喜爱。前天，昨日，光锐、超尘来，都谈及你。我已与光锐说好，找一机会，约你们二位到我处晤谈。这半年来，我大半时间阅读关于词作及词话之类。总觉思想性太弱，特别是"花间"与南宋之姜张王等人，虽各有风格，但实在"无物"与"雷同"，价值甚小。你与光锐的词作，格调一致，热情奔放，时代气息浓。以旧体写新时代，这大不易。如果从严要求，再于含蕴浑成方面，注意一点。这，"花间"作者较雅，算一优点。我的"忆向阳"共五十余首，将陆续发出，届时再请指教。握手！

你抄来词作，将入我诗囊珍存之。

克家上

五月二十一日

|雏凤清于老凤声|

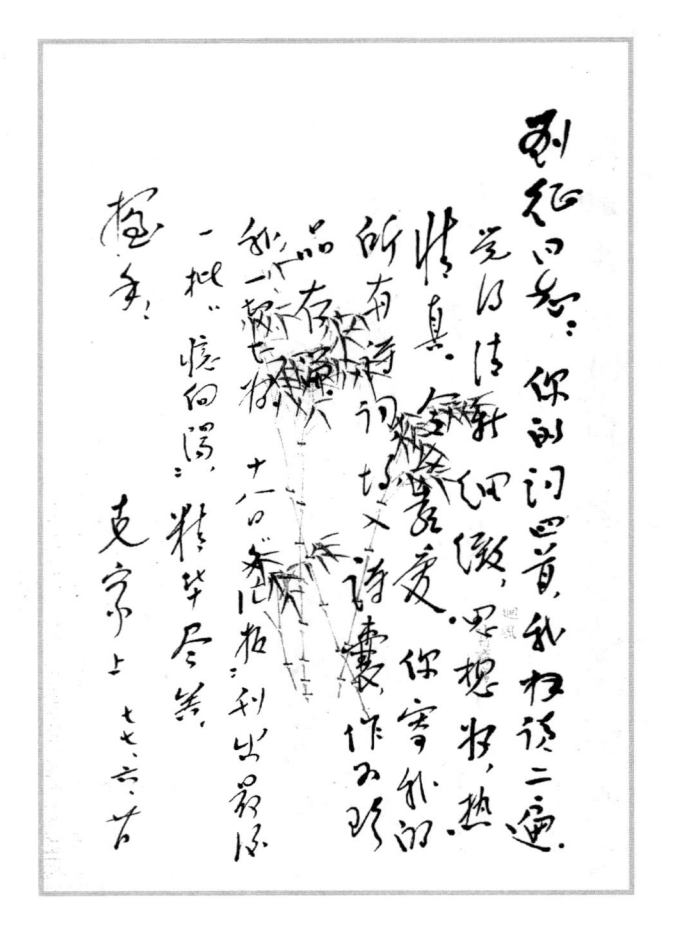

刘征同志：

你的词四首，我拜读二遍。觉得清新细致，思想好，热情真。令人喜爱。你寄我的所有诗词，均入诗囊，作为珍品存留。我一切甚好。十八日，《文汇报》刊出最后一批"忆向阳"，精华尽矣。握手！

克家上

七七年六月二十日

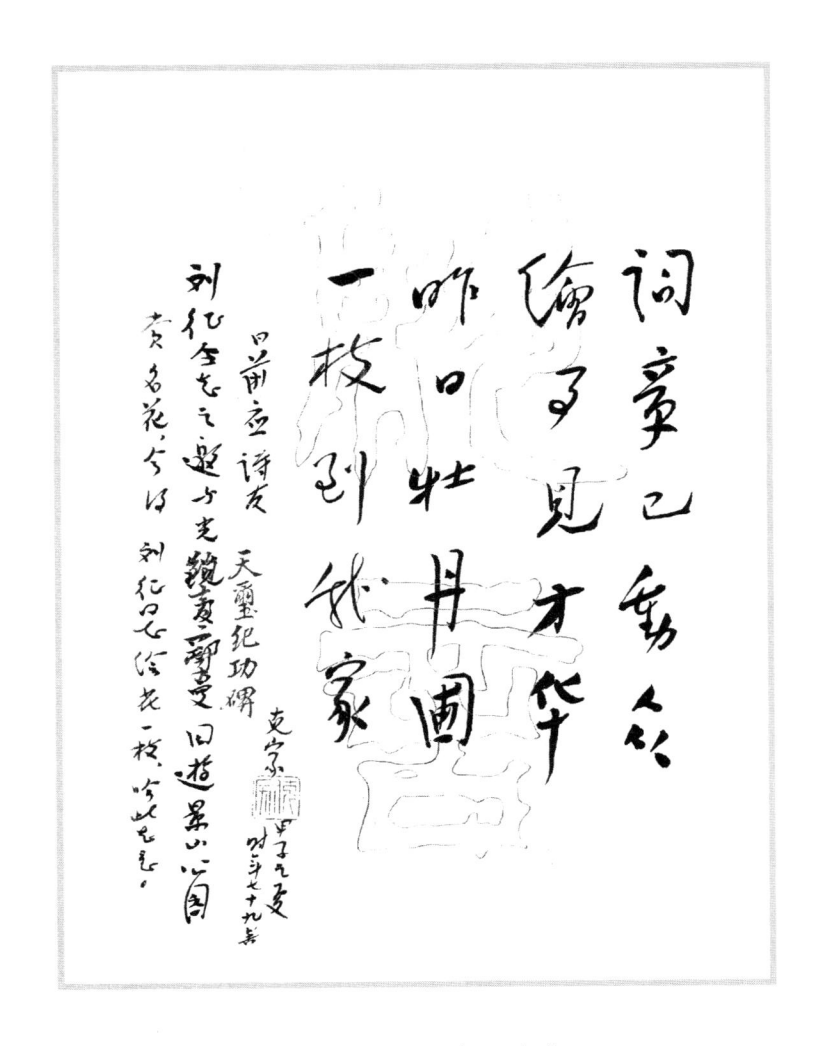

词章已动众，绘事见才华。

昨日牡丹圖，一枝到我家。

克家

甲子之夏，时年七十九矣

日前，应诗友刘征同志之邀，与光锐及郑曼同游景山公园，赏名花。今得刘征同志绘花一枝，吟此志意。

| 雏凤清于老凤声 |

冷落情怀我同感,希将小斋作聊斋。

书复刘征诗友。

克家

八六年元月七日寒窗下

| 附录 |

无须豪语助行色，自有诗情导旅游。

诗友刘征同志将去美旅游，草二句以赠。

克家

丁卯春日，牡丹未开

| 雏凤清于老凤声 |

突出宏图百代无,奔腾万马趣长途。

诗人老去诗情在,振臂犹堪共一呼。

旧作一绝。刘征诗友存念。

克家

八十三岁不老翁,丁卯冬

刘征同志：

  北风凉，你旅游忙。我独自斗室坐炉旁。古人说"素秋"，而今已是初冬，但我的小院，虽然减色，犹是红黄。归来后，看诗囊。好！

克家
八七年十一月十九日

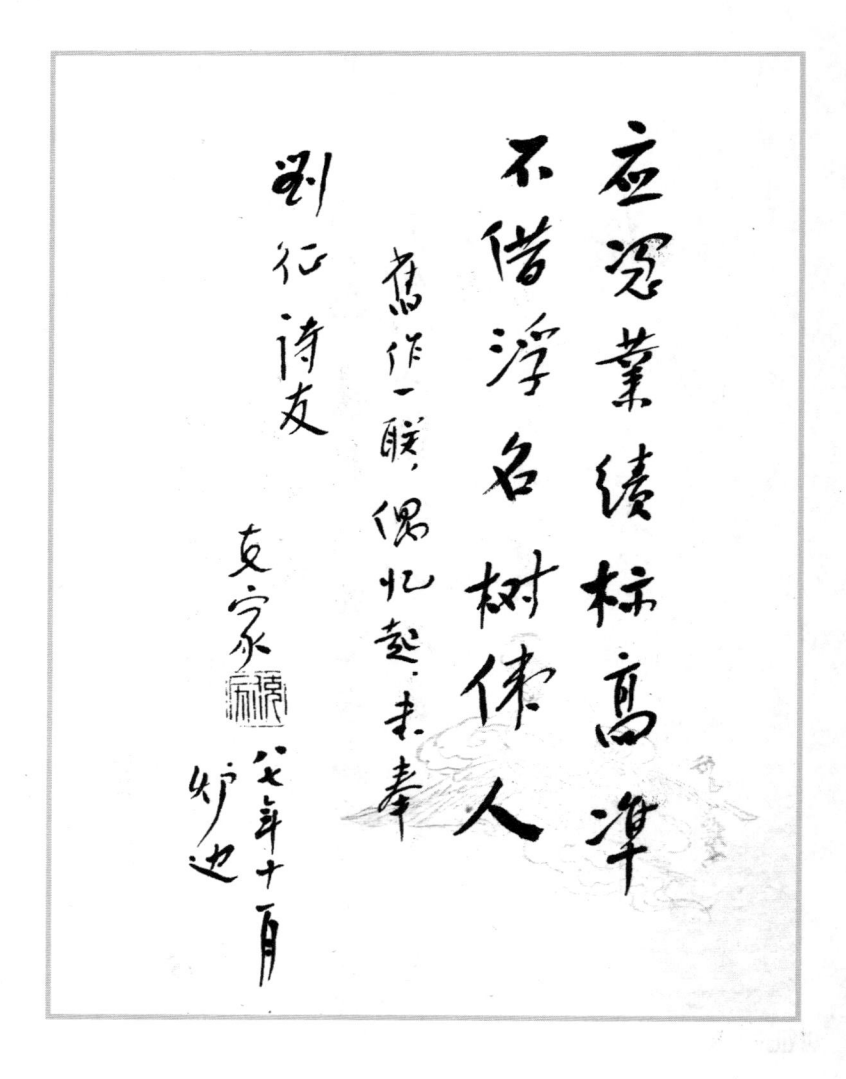

应凭业绩标高准,不借浮名树伟人。

旧作一联,偶忆起。书奉刘征诗友。

克家

八七年十一月炉边

刘征诗友：

  你脚不止步，笔不停挥，真令我惊而羡。近中，在各种报刊上读到你的作品，你笔有双叉，一诗一文。前些日子，在《人民日报》八版，读到你的杂文，惊异第二天就刊出反驳的文章，反应如此之快也。来诗情味不合，题材关系，很

雏凤清于老凤声

深沉。你刚返京,又将去香港,冷冬要跑出满身大汗来。行万里路,对你说,岂止此数?此行,恐须归来迎新年了,甚怀念。光锐迄未见人,也不见信。我一切甚好,有二篇重要序言待我下笔,苦哉!

克家

十二月六日下午

生平交游非不广，当面愉心者多。对人热情率真。从小家人以"直肠子驴"呼之。因此，吃苦头不小，本性难移，终不自悔也。解放后与刘征同志识面，遂成至交。如面知心，人格诗格

|雏凤清于老凤声|

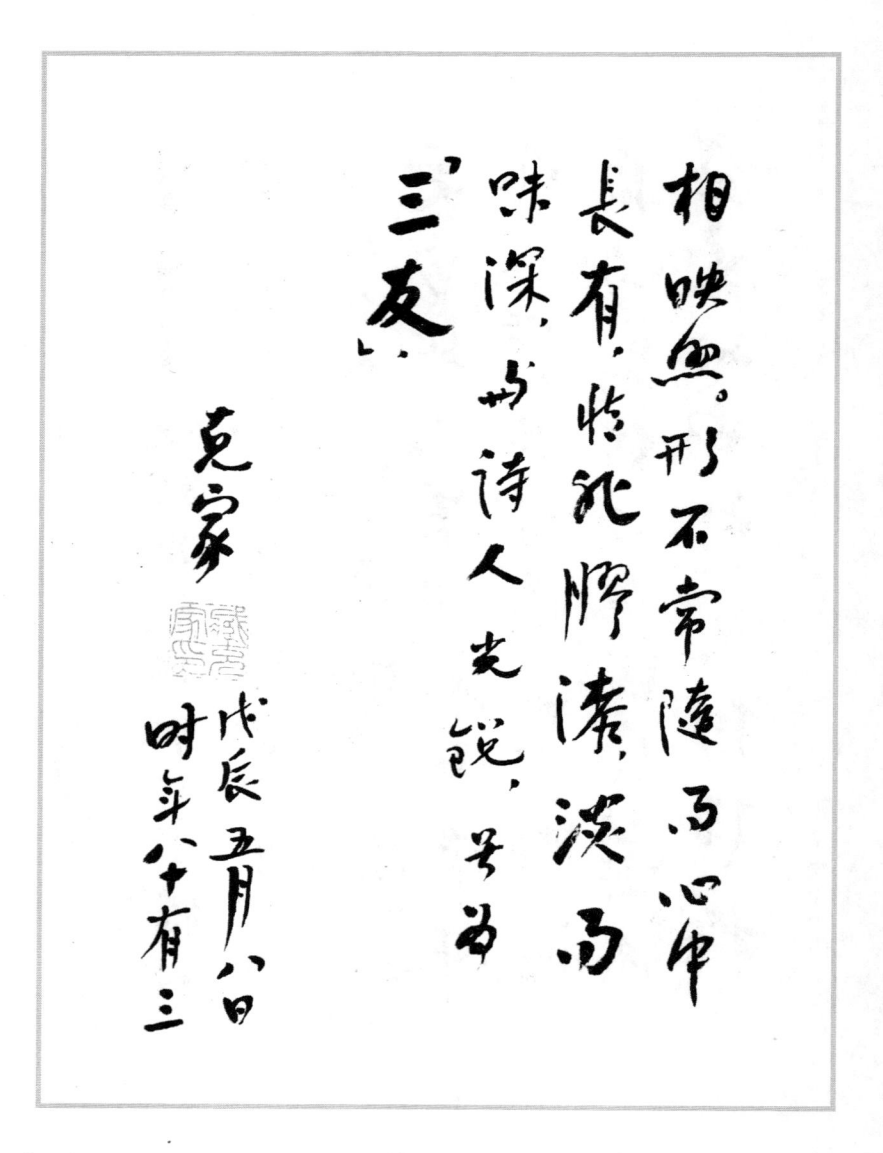

相映照。形不常随而心中长有。情非胶漆，淡而味深。与诗人光锐，号为"三友"。

克家

戊辰五月八日，时年八十有三

新天恰待翻新曲
——老主编刘征先生访谈

潘　泓

中华诗词学会成立三十周年之际，本刊记者对刘征先生作了专访。

问：刘征老，《中华诗词》于1994年7月创刊。您是《中华诗词》杂志的首任主编，当时您在人民教育出版社工作。首先，请您谈谈您是怎么来《中华诗词》杂志的，以及杂志创办的一些情况。

答：我很不善于记忆。往事如烟，好多事都不记得了。记忆不准确，一鳞半爪，生怕说得不对头，耽误事了。

先讲我是怎么进入《中华诗词》编辑部编杂志的。当咱们中华诗词学会提出来要办《中华诗词》杂志的前后，或者是杂志成立的那段时间，正是我们人民教育出版社编教材最紧张的时候。必须要有一套新的教材。教育部一位副部长坐镇，我们在香山开教科书编辑大会。全国调了一百多人来。我是负责语文这方面的，时间非常紧张。那时我在香山住了一年半。

我来杂志时，杂志已经出了几期试刊。据我知道的，第一期试刊是谁编的呢，是施议对先生。施先生现在是澳门大学教授。他当时住在臧克家臧老的对门，那时我访问过他。他住的地方很蹩脚，后来我写的文章在《光明日报》发表，名字叫《博士之家》，因为他是博士，那时博士还很少。第一期是他编的。出了以后给了我一本。此前，我给了他好几首词。他也非常欣赏我的词，结果发表了一首。中华诗词学会的老同志，看到试刊，说这个名字叫刘征的，这是谁呀？不知道这个人。试刊第一期，很薄的一小本。施议对编第一期后走了，接着来了一位四川的同志，叫谷声溁；这个名字很特殊，一下子就记住了。他是孙轶青老从四川调来的，专门编刊物。他编第二期试刊，第二期规模比较大一些。顺便说一句，谷声溁先生现在已经去世了，他的学问很好。我去了后，孙老的计划是要正式出刊了，是不定期的。

  我怎么样进入中华诗词学会编《中华诗词》这个刊物的呢？这完全是孙轶青先生、咱们的老会长，他极力地叫我出来办这个事，这个时期他到我家里，一共来过三次，每一次他都说，你要来，你是最合适的人选了。那我就非出来不可了；诸葛亮才"三顾茅庐"呢，小子你何许人也？我感动孙先生的这样一种盛情的邀请，对我的尊重。孙轶青先生与我始终是非常亲密的朋友，他很了解我。所以我老实说，我是感知遇之恩这么一种心情。我对他说，我现在还不是中华诗词学会的会员，我怎么去？他说那好办，他就给我办了个中华诗词学会的会员证。

  问：万事开头难，请您介绍一下杂志开办时遇到的困难。

  答：我记得那时困难甚大，先不讲社会舆论，先讲刊物怎么出的困难。这些困难第一是没有刊号，刊号是很难批的，特别是诗词刊物。诗词，当时大家都觉得很新鲜，这是什么玩意？都不大知道。后来大家各方面努力，我也作了努力，我找到贺敬之同志，他当过文化部部长、中宣部副部长，是高官，我找他，请他帮忙，他很肯帮忙，因为他是诗人，很支持。这是第一大问题，后来解决了。第二大问题是没钱。怎么办？开始时学会给了一笔钱。我记得不准确，好像给了十万元。那时这笔钱花得是非常紧俏的，如刊物每一期编出来了要付印，印厂都不找在北京的，图便宜，这家多少钱，那家多少钱，要算账，曾经找到东北去了，总之哪家便宜哪家印。资金这样也不够，过紧巴巴的日子。那时杂志社和学会还没有分开。老同志们集中在兵马司上班；有长住的，比如谷声漾同志。有一个星期去一次的。我有时一个星期不只去一次。我跟其他同志说，这些老同志是"老雷锋"，一分钱不挣；大家只有写信用一下杂志社的信封信纸，别的一分钱也不用。连杂志社开会路费都是自己掏，这样的情况持续了很久很久。当时中华诗词学会都是这样，大家凭着责任感、兴趣和奉献精神在这里工作，这一点要特别写一写。当时内部困难很多，有些不记得了，反正是磕磕碰碰办起来了，也确实一天比一天好了。

问：前面您说的是开办杂志时"内部"的事。那么在当时，社会上对中华诗词、对《中华诗词》杂志是什么看法您能谈谈吗？

答：我这里说说咱们在编《中华诗词》过程中遇到的几个社会上的问题。编刊物，并不单纯的是发表作品。刊物是推动诗词发展的一个工具。遇到哪几个问题呢？第一是阻力很大。记得我还没有担任主编时，在《诗刊》杂志社参加了一个会，会议聚集了好多诗人。因为什么开会我不记得了。在这个会上，当场读了一位住在医院的老诗人写来的一封信。信没说别的，就一个意思，大意是说《诗刊》千万别开辟旧体诗的栏目。那个时候，好多人认为旧诗已经"死"了，要再搞的话，就是一些"遗老遗少"的哼哼唧唧。这些话都见报纸了。就是这么大的阻力。诗界对于当时称之为的旧体诗，是不能接受。这包括两个意思：一个意思是说过时了，在五四时期就已经打倒了，你怎么现在还在搞这个东西呢；另外就是青年诗人觉得这个难，碰不得。后来《诗刊》开辟了《旧体诗》专栏，4个页码，很不错的了。中华诗词，当时根本发不出去，仅仅是大报《人民日报》登一点领导人的诗词，也是很少的。这是第一个问题，就是阻力很大。特别很多人引用毛主席的话，说是旧体诗"不宜在青年中提倡"、说是"容易束缚人的思想"，等等。那时候打着毛主席的旗号很厉害的。但是我们充分理解毛主席在那个情况下，他生怕他的诗词一发表，全国涉染成风，他绝对不是否定旧体诗词的，他要否定他为什么还写呢？面对不承认中华诗词的阻力，我们没有后退。我们觉得这是对旧体诗出于不理解，或者出于习惯性，多年把它排斥在外。

《中华诗词》出刊后，社会上又出现了认识问题，就是认为诗词活动"长不了"。有位老诗人，对我们诗词活动算了命，说我们这些个搞诗词活动的人，可以叫"银发师爷"，全是一群"白头翁"在干。他说，至多出不了三十年就会消灭的。说实在话，我们当时确实有这个感觉，一开会，往台上台下一看，差不多都是白头发。这个事确实让人担心诗词有多大的前途，就像革命战争年代所讲的"红旗能打多久"。但我们有个信念，我们搞的是"当代诗词"，而不是搞旧的一套。就是说诗词只要它是跟当代、人民相结合的，它就永远不老，就有生命力，这是个信念。对这些个"长不了"的观点，我们在杂志上没有批判过，我们就是闷头干。你看现在中华诗词几十年了，不是没死吗？不是还在发展，越来越好吗？这是第二层意思。

第三层意思，就是有人说诗词确实是宝贝，却是过去的东西，是古董："古董论"。这个说法大多来自高等学校、文学系、研究诗词的，说诗词就是到清末为止了，后面都是"尾巴"，没有把当代诗词算作一回事，也没看在眼里。觉得诗词的确好，比如说吧，就像一把宝剑，是宝贝，但不适于今天了，不适于反映现在的社会生活。一是难，二是形式只适合反映旧社会的生活形态，是这么一个观点。所以诗词在作家协会、高等学校等挂不上号。评奖挂不上号，也不入诗史。就是这样，一个中心观点就是诗词不适宜反映当代的生活。但毕竟是宝贝，李白、杜甫，是宝贝，都承认，但那是过去的时代。把诗词当古董看，这是一种看法。我看这个问题，现在大多数人越来越认识到不是那么一回事了。但在新文学中怕是还有这么个看法。我们人民教育出版社有一次请北大清华若干位教授编学生课外读物，编到诗的时候，仅仅编以前的古典诗词，当代诗词是上不了台面的，就是这么个状况。当时我也在这个会上，我就提出来当代诗词也得编一本。这几个老教授都不以为然。到后来在我的坚持下，教育部柳斌副部长说，你就编一本吧，我就跟杨金亭两人编了一本当代诗词的课外读物《现当代旧体诗词诵读精华》。

　　这是社会上跟外部总的思想上的阻力。我们内部的朋友对这些问题倒是没有同意的。我们清楚看到了，当代诗词，完全可以反映当代人的生活，完全可以受到当代人民的欢迎。这里面最有力的证据就是毛诗。毛泽东诗词用的是传统的格律，但写的是全新的事物。没有比他再新的了，因此受到广大人民的欢迎。当然有地位的关系，但是诗也的确好。这个是我们信心十足的一个支柱。不但毛主席，还有鲁迅的诗，大学教授也有写当代诗词写得好的，像夏承焘先生、沈祖棻先生。这都是写抗日战争或抗日战争前后的生活。写得好的还有那时已经是中华诗词学会的人、刚刚去世的霍松林先生。总之，这种论调是要克服的。我们用什么来克服呢？我们没有在报刊上公开反驳什么。我们是用实在的创作成绩去克服，一步一步地，到现在，不能说是满意，但是相当好了。用三十年的时间，在相当大的范围内写到这个程度，那在古代是没有的。唐代是近体诗的黄金时代，我想了想至少有一百年的成熟期才出现律诗。咱们的发展还是很快的。

问：从编辑《中华诗词》的专业角度，创刊初期，你们遇到了哪些问题？

答：中华诗词慢慢发展起来后，在内部出现了一些问题。第一个问题就是用韵问题，声韵的问题。用今声今韵还是必须守住平水韵的问题。这里有两个方面，有些朋友认为是不可动摇的：一个是用平水韵，再一个是入声字。大部分范围有入声字，还有相当大的地方没有入声字，像我读入声字就很难。我也是"两面派"，我学诗的时候老师教我死守平水韵，而且虽然不会读入声，但押入声韵的诗词很多。近三十年来开放搞活，写得也很多，这个时期我又不主张这样作，我押韵从来不查韵书的。我平仄是按照普通话的，但是又常常做不到，常常是习惯。比如"国"字在新韵里是平声，但是旧韵是入声，入声过去北方人都是读仄声，所以我写诗写到"国"很少作平声，是仄声。因为好像不这样写不舒服。这是个大问题。霍松林老是主张新声新韵的。这个当时杂志上讨论，社会上也讨论，还有南方《当代诗词》也在讨论。经过好长时间，大家商量、决定，就是实行"双轨制"。你爱用哪个韵就用哪个韵。这是第一个问题，格律的问题，改不改与完全守旧的问题。

二是创新问题。一般的意义上说，创新不一定改变格律。比如说毛主席就是个例子，他就是放松一点，他不改变格律。但是他的诗是全新的。创新还有一层意思，就是新的体式的出现，比如丁芒同志搞的"自由曲"是搞得很有成就的。还有一种创新叫作创造新的语言、新的思想、新的意境；大量的是后者。能够创出新诗体来那是很不容易的，不是短期的事情。宋词就是从唐朝酝酿到宋朝的，很长的一个过程。这个问题现在大体上算是解决了，就是马凯同志提的一句话，叫作"求正容变"。诗的创作，是个人行为，所以得给很大的自由，现在又不是凭诗去升级、去卖钱，他就是求得个性的发展，是自由。他怎么写，我们只能引导，只能提倡，不能规定。这个说法是对的，"求正容变"，可以有同，可以有不同。

问：今年是中华诗词学会成立三十周年。《中华诗词》杂志也创办二十三年了，请您谈谈您对中华诗词的展望。

答：这三十年不容易，不见得是非常好的基础，但是总算是打下基础了。我的想法是大家团结起来，为诗词事业，向前看，一百年，那时中华诗词跟着国家的强盛，会有一个大的发展。好长的时间，好几千年的时间，诗死了吗？诗衰老了吗？没有。诗在低谷的时候是在积攒能量，在储势。到国家发展到一定程度，诗一定会大发展，会有大山一样的诗人，会有惊天地、泣鬼神的诗歌出来。我常常说，咱们中国是五千年来没有像现在这样兴旺过。我这样的人生活在今天，千辛万苦，还是万幸，经过了国破家亡，又经历了国家现在这样的高峰，在历史上看已经是高峰，这样一种高山深谷之别，都让我赶上了。我觉得非常幸运，这一代人非常幸运！

这是出大诗人的时代，是出最好诗歌的时代，是出最高级的艺术的时代，不光是文学艺术。当然，还有很多负面的东西存在。就是说一些浅俗的东西，一些目的只在挣钱的东西，还在泛滥。这都不要紧，任何时代都有。主流方面我想是会越来越好的。我是充满信心。九十多岁了，"长命百岁"我还差多少时间？这个从事业看都无关紧要，看发展吧。

我最近写了一首诗，其中有这么两句："甘当铺路石，未息补天心"。拾遗补缺吧，就这个意思。总之这一生，对诗词是结了不解之缘，"诗是今生未了情"。但是我真的是个老百姓，老百姓更了解老百姓的情绪。所以我就到现在还没有放下我手中的笔。我前几天，看我过去写黄河的几首诗词，我惊讶比现在写得好；所以我就很警惕了，老了，慢慢地词锋的凌厉、豪气少了，减退了，所以我还要不断地朝前走。今年是中华诗词学会成立三十周年，我写了一首《水龙吟·贺中华诗词学会创建三十周年》祝贺，写的就是我的心声：

风骚焕彩千秋，新天恰待翻新曲。春阳破冻，故园荒寂，沐风栉雨。瞬三十年，云兴潮涌，弦歌户户。会耦耕俦侣，白头笑对，浮大白、嫌未足。　待向来朝纵目。梦飞天，临睨乡土。百花解语，江河化酒，群山峙玉。狂喜灵均，欢歌鲍谢，千杯李杜。向珠峰高处，摩崖镌刻，吾华族、腾飞赋。

2017年第5期

刘征访谈

潘　泓

编者按：首届"刘征青年诗人奖"圆满举办后，已94岁高龄的刘征先生又向该奖项捐资30万元以扶持青年诗人，支持中华诗词事业。在第二届"刘征青年诗人奖"即将启动之际，本刊记者对刘征先生做了访谈。

潘泓：刘征老，我们知道您向"刘征青年诗人奖"捐的钱，基本是您和您夫人从养老的钱中挤出来的，我想请您谈一谈您捐资的缘起或初衷。

刘征：我原来住的房子卖了，卖的钱要交到养老照料中心养老。所以要处理掉家里原来的书，它们以前大部分给了中华诗词研究院，那里设了个专室陈列保存。但还有些书现在还在处理。我的书从一张白纸开始，变成了现在一个庞大的体量。有两句话：钱到买房方恨少，书到搬家始恨多。自己前几天看了看过去写的诗词，有一种感觉，虽然当时写得不怎么好，现在还不如过去了。老了写的东西，不如四五十岁、五六十岁时写的东西。所以希望寄托在下一代，我的感触在这里，无论如何要重视这个问题。

我向《中华诗词》捐的钱，对于中华诗词事业来说，是杯水车薪，只是一种帮助，很小很小的一点，沧海一粟。算不了什么，虽然，在我当然是"很算什么"。我老了，总算还有这么一点作用吧。我愿意以这个"杯水车薪"来投入咱们中华诗词发展的事业，作铺路石。这件事，我原来就说过不要声张。

潘泓：您是咱们《中华诗词》的首任主编，多年来不仅关注中华诗词的发展，更关心青年诗人的成长，您有什么话想对青年诗人说吗？

刘征：中华诗词走过来的几十年是不容易的。比如《中华诗词》创刊之前，还出过《试刊》。我在《中华诗词》待的时间较长，当时不是月刊，先是季刊，后来改成双月刊，最后才是月刊。回想我们杂志社在北兵马司的时候，是相当艰难。内外交困。外面的说法，说诗词确实很好，但那是唐朝的好，宋朝的好，到今天已经成为古董了，应该送入博物馆，说你们怎么反映新时代？这个观点很普遍。那时候阻力非常大，臧克家老把他的诗词跟我的诗词寄给《人民文学》，他们不发表。从那时候起到今天，诗词居然有人继承，居然队伍越发展越大，活动也多了，真是不容易。特别是我们看到了一些好作品，还是青年一代的好作品。有一批人都写得不错，都是真正向前走了。咱们这三十年没白过。确实取得了很大的成绩。中华诗词发展了没有，看什么？不是仅仅看活动，而是看作品，作品现在水平大有提高。

可以说在我们下一代中间，是会有长成大树的苗子的。既然近三十年走过来了，咱们扶持青年诗人有成绩，再走下去，会失败吗？不会。

潘泓：请您谈谈对中华诗词当下状况的看法和对未来的展望。

刘征：我是九十多岁了，是"去日苦多"，"譬如朝露，去日苦多"。我这一辈子好像只做了几件事，一个是教育，一个是写文章，一个是诗词，还有是沾点书法。这些事里面最贴心连肉的是诗词。孙轶青老会长当年叫我来参加这一行我就来了。我来了就是全身心投入到这里头。对于当前我的看法当然不一定对，是闭门想的。咱们诗词界取得了很大的成绩，但是恐怕依旧在诗坛上还有些被边缘化。另外我们还有一些走的路子不正的问题。你说人们到底怎么看诗词？所以两个东西，一个是边缘化的问题，另外一个是有那么点叫作是"邪门歪道""旁门左道"吧。"旁门左道"的心理状态恐怕就是急于求成。这个完全急不得。诗有别才，非关学也。但是又非学不行，这两方面我都讲过了。所以大概要打很好的底子，很不容易往前迈步，并不是一蹴而就的。

中华诗词的未来，按我的看法，是很乐观的。我觉得我们诗词既然来的路上闯过很多荆棘丛，并且能取得今天的成就，将来的路上荆棘总会少一点，步子会迈得更大一点。往前看五十年到一百年，咱们一定会出现那种"惊天地、泣鬼神"的好作品，一定会出高山仰止的大诗人。这样才能把诗词的大厦支起来。为什么这样说？咱们碰到国家空前发展的这么一个好时代，碰到了今天这样崭新的时代，要不抓住这个机遇的话，咱们就太可惜了。以传统诗意来表现新的时代色彩、时代风貌，这条线如果能够延顺下来，作成功，或者说有一点成功，就会发出很大的光来。要走一条正路，正路就是习总书记讲的，以人民为中心，这句话一万个重要。

尽管将来还有很多困难，有很多阻力，要坚定地走下去。希望在哪儿呢？希望在于青年。青年诗人光有骨干还不行，要大力地培养更多的人，还不是一代，恐怕要几代的努力，才会出现真正辉煌的一种新的诗词的高峰。我现在坐在家里尽胡说，心还是挺急的。当前主要的工作，我的看法就是抓精品、抓作品，谁爱说什么说什么，好的作品就是好作品，不管他是谁作的，只要是好东西，咱们就发扬出来。

另外是培养诗人，看到有希望的诗人，大力培养，比如说稍微打破一下我们刊物发表作品的平均主义，比如组织一些评论。慢慢地它就成了气候了。

我曾看到某报纸今年4月的一篇文章，谈70年来的文学成就，里面就是没有涉及中华诗词。中华诗词，这么宏大的活动、这么多人参与，有好多人为这个被忽视的情况抱不平。我的意见是，我们主要的是练好内功。我们拿出好的东西来，不容你不承认。也许，还有一段时间不承认，但历史会承认。

我是关在家里想，总之是两句话，一句是练内功，一句是大力推新人抓精品。

2017年第5期

跨越七十年的甜蜜和美好
——刘征老师和李阿龄老师的爱情故事

高　昌

　　2021年教师节，很多学生用微信向我这个教师出身的人表示祝贺。我也在想念我的一位老师——李阿龄老师。李老师在北京从事中学教育工作40年，终生以教师为业，获得过全国先进教育工作者、全国三八红旗手等各种荣誉称号。我虽然没有缘分在李老师任教的学校就读，无法在校园里听她传道授业解惑，她本人也不写作诗词，但李阿龄老师的纯净人品和无言教诲，却是为诗为学的一道洁白澄澈的人生标杆。

　　读者们大多知道著名诗人刘征老师，但很多读者不知道，刘征老师的身后站着一位全力支持的李阿龄老师。李阿龄老师，是刘征老师的夫人，2021年8月31日与世长辞，享年95岁。

　　我和李阿龄老师认识，是因为去拜访刘征老师的缘故。1998年10月20日，我去北京方庄芳星园采访刘征老师，还写了一首《访刘征》："十月廿日天气晴，我去芳星访刘征。刘征居高声益隆，高处华堂二十层。纸上能奔千里马，身边相伴万年青。皱褶添来成风景，回眸一笑百美生。红尘有爱堪热吻，白发一染又回青……"临别的时候，李阿龄老师拿来两本刘征老师的著作赠我，还坐电梯一直送我到楼下……从刘征老师这里论起来，李阿龄老师是我的师母。

一

刘征本名刘国正，因喜爱《登楼赋》里的一句"征夫行而未息"，以及《离骚》里一句"溘埃风余上征"，所以从中拈出一个"征"字作了笔名。他多年来一直从事中小学语文教科书的编写工作，指导和参加编写的中小学语文教材100多册，另外还出版过大量的旧体诗词集、杂文集和教育论文集。这些著作许多读者都是耳熟能详，这里就不再一一细表。

熟悉当代诗词史的朋友们都知道，刘征老师是我们《中华诗词》杂志的第一任主编。几代中华诗词同仁筚路蓝缕，耕诗播爱，薪火相传，眼看着中华诗词事业如今步步前行，蒸蒸日上，同心圆越画越大，公约数越来越多，这些痴心于为诗坛莳红播绿的老园丁们心中，那份珍贵的欣慰和喜悦或许不足为外人道也，而每个中华诗词人内心深处，却都葆有一份谦谦的暖暖的自信和自豪，总能在不经意间交换出一个会心的眼神，留下一个共情的微笑。《中华诗词》杂志是一个和谐温暖的大家庭，诸位同仁在这里勤恳奉献，携手耕耘，其中尤其离不开各自家人的全力支持和协助。李阿龄老师就是其中一位令人尊敬的著名的贤内助。

在我的印象中，只要是《中华诗词》杂志社提出任何要求，刘征老师都会全力以赴支持。而每次去拜访刘征老师谈事情，都是李阿龄老师跑前跑后地张罗和忙碌。他们两位老人进入晚年的时候，一个耳聋，一个目盲，相依相伴，相濡以沫。李阿龄老师性格开朗，目力腿力也都优于刘征老师,所以各种事务,都是她替刘征老师这位不通世故的老书生来周到安排,妥善照应。

2016年春节,在刘征老师口述、李阿龄老师执笔的一封信中,他们这样写道:"九十岁是人生一个大阶段,不免想许多事。念平生只作了两件事:一是教科书编辑工作,再是诗歌写作,后者是我的爱好。杜甫说:'诗是吾家事。'我笔拙才薄,不敢有如此大的担当,竭平生之心血,得以一滴添沧海,足矣。我认定诗词必有大发展,以百年计,当出现黄金时代,希望在于青年。谨以二十万元资助《中华诗词》杂志社,专用于开展青年诗词活动,鼓励青年诗词创作。我一介寒儒,自知所助实甚微渺,聊表寸心而已。诗万岁。"信末,李阿龄老师特意附笔写道:"我完全赞同老伴刘征同志的决定,请告知贵社的账号。"接着,还郑重地签上名字"李阿龄 2016年春节"。刘征老师和李阿龄老师都是工薪阶层,听说家里还有下岗的孩子。老两口儿晚年住在养老院,那里的日常养护方面也是花费不菲,他们的生活并不富裕,却同心同声,毅然从卖房子的钱中拿出20万元(后又追加30万元,共50万元),无私支持《中华诗词》杂志培养青年诗人。刘征老师说"甘当铺路石,未息补天心",又说"诗是今生未了情"。两颗拳拳煦热之心,令人非常感动。杂志社全体同仁经过反复斟酌和商议,最后决定设立一个鼓励青年诗词发展的奖项,并誓言评选过程一定要做到干净透明公正,为诗坛的今天和未来推选一批最优秀的青年诗人。这就是现在已经举办了两届的"刘征青年诗人奖"的来历。

首届诗奖评选出来之后,刘征老师特意赋诗"漱石春泉清似酒,摇金杨柳乍闻莺。老来已见激情减,又为新花喜泪零。""昭代诗坛百样新，或擂大鼓或弹琴。好诗何似不须问，血荐轩辕自有神。"相信这是他和李阿龄老师的共同心声。现在回头看，第一届和第二届获奖的十二位青年诗人，确实为当代诗词界注入了一股新生的蓬勃力量，也期待他们这些年轻人，还有更多的虎虎有生气的年轻人，都能把当代诗词当作事业来干，为传承和繁荣发展我们民族的文化瑰宝奉献更多的光芒与热能。

2021年6月9日，《中华诗词》杂志的同仁们一起去给刘征老师祝贺95周岁生日。李阿龄老师还是像往常一样，早早就在养老院的门口等待，并有条不紊地安排着方方面面的各种事情——还是那个熟悉的永远充满活力、充满智慧的小老太太，还是那份温煦的、慈爱的、母亲般的温馨感觉。当时谁也没有察觉出任何异常，仿佛她瘦小单薄的身躯里，总是蕴藏着惊人的开掘不尽的巨大能量。可是没想到，这次会面才过了一两个月，我就忽然听到刘征老师在电话里用极其少有的悲怆声音说道："李老师这次病得很重，我从没有这么难过……"但因为南方一些地区出现了疫情，北京的相关防控也紧张了起来，养老院防疫措施严格，一直无法前往探望。而到8月31日，刘征老师忽然向亲友们发出来一条悲伤的微信："刘国正（刘征）敬告各位亲友：我至亲至爱的老伴李阿玲同志于8月31日9时35分在医院辞世，享年九十五岁。遵照李阿玲同志生前遗嘱，不举行任何追悼活动。各位亲朋挚友对李阿玲同志的关切，刘国正率子女深表谢意。"

短信很短，语气平和，但惊雷一般，在亲友们、同事们和弟子们心间滚动。辞愈简而痛愈切。字里行间，可以想见重情重爱的刘征老师心中的压抑和隐忍，而那种旁人无法替代的、文字难以言表的哀痛和悲苦，又是何其深重和绵邈啊……世间的许多风雨，都归于了平淡，只记住这一程美好，一程阳光……

写到这里，读者朋友可能会有个疑问，为什么刘征老师亲自发送的讣告中，把李老师的名字写作"李阿玲"，而我在文中却写成"李阿龄"呢？因为我所见到的李老师本人的签名，以及刘征老师日常在文章中的行文，都是写作"李阿龄"的。为此我去请教刘征老师，刘征老师告诉我，李老师的名字本来是李阿龄，但解放后登录户口本时，被工作人员误写成了李阿玲。这样李老师的名字就出现了两种写法：在北京八中的教师名册中，还有全国妇联颁发的三八红旗手证书中，李老师的名字写作李阿玲。而在刘老师和诗词界、杂文界友人们的笔下，李老师的名字还是写为李阿龄。

二

2002年七夕，70多岁的老诗人刘征以一首《红豆曲》在"红豆相思节"诗歌大赛中夺得20万元大奖，引起社会各界的关注。诗中写道："……梦里繁星坠地来，枝头红豆结无数，祝福天下有情人，欲启朱唇作低语。岁寒来访雪压枝，回廊图展令心怡，豆似丹霞花似雪，前修诗笔罗珠玑。树前闲话得小憩，秀眉老父道传奇，和泪翻成红豆曲，聊补摩诘相思诗。纷纷争斗多仇怨，采撷休忘摩诘劝，安得播爱遍人间，婆娑红豆植伊甸。"这首《红豆曲》是讴歌忠贞不渝的爱情的。不知情的人，或许会很奇怪，这样一个白发苍苍、两眼茫茫（眼睛高度近视）的古稀老人，怎么会对爱情这样一个年轻的话题，有这么新鲜而深刻的艺术感觉呢？

刘征老师在《红豆曲》开头的小序中解释说："2001年访无

锡，因得赏无锡红豆树。树传为梁昭明太子萧统手植，已一千多年。原为两树，后两干合抱，并为一树，上枝仍分为二。近处旧有文选楼，已圮无遗迹。时值岁寒，木叶尽脱，根柯盘结如虬龙。廊上悬有红豆树图片及前贤诗文，益我见闻。听老者讲昭明太子浪漫传说，哀艳动人，遂有写《红豆曲》之萌动，孕育多日，终于呼之欲出。2002年春节多暇，命笔成章。传说为我起兴，赋事任臆所之，真实不虚者只一情字。"这里交待的是写作这首古风的缘起，而刘征老师和李阿龄老师的真实爱情生活，相信同样给这首《红豆曲》提供了更真切的生活体验和感情基础。

  刘征老师当年谈到自己的生活时，就曾经自豪地说道："老伴儿是我的一半。" 2003年七夕前夕，我作为《中国文化报》记者，曾专门采访了刘征老师和他的夫人李阿龄老师。当时获奖已经一年过去了，大奖并没有改变他们朴素的生活轨迹，这对儿平和的老夫妻当时生活在北京北太平庄附近一所砖红色的大楼里，过着平静幸福的晚年生活。他们鲜为人知的爱情历程，让记者十分感动。

  刘征1926年生于河北宛平，在北京大学西语系读到大二的时候投笔从戎，参加了解放军后又因病回到地方，参加北京市学校接收工作。再后来，被安排在北京府右街附近他的母校四存中学做教学工作。

  四存中学坐落在北京府右街10号，就是后来的北京八中的前身。四存指存性、存学、存治、存人，出自清初哲学家颜元的代表作《四存编》，即所谓"颜氏四存"。四存中学始建于1921年，今年恰好是北京八中建校100周年。

  刘征任教时，四存中学教师中人才济济，音乐家王洛宾也在这里做教师。刘征在学校文艺活动中很活跃，他还专门为同学们写了一部话剧《青年游击队》。剧情是关于抗美援朝方面的内容。其中有一个反面人物美国鬼子，彩排时看着总不太像。后来有人提出：如果这小子戴一块洋手表，在舞台上晃来晃去的，就有外国味儿了。可是那时手表很稀罕，到哪里去找这样一块手表来做道具呢？

此时又有人出主意说："咱们学校李阿龄老师不是刚买了一个手表吗？"于是，刘征出面，向同事李阿龄借表。李阿龄比刘征小一岁，刚从北京师大毕业不久。她当时用工作后第一个月的工资，加上家里母亲的赞助，买了一块名牌手表。美滋滋地刚戴上不久，就被刘征指导的剧组派上了用场。她很痛快地把手表捋下来，交到刘征的手里。这部话剧公演之后，获得全市一等奖。中国青年出版社还出了剧本的单行本。剧中那个美国鬼子因为有了手表当道具，显得"真实"多了。演出中有一个设计好的细节，就是演到美国鬼子望风逃窜的时候，这位"鬼子"要在舞台上摔一个跤。演鬼子的同学当时演得很投入。到了该摔跤的时候，狠狠在舞台上来了一下子，博得大家一阵热烈的掌声。可是等到从舞台上走下来，他才发现，刚才摔跤，把李老师的手表给摔坏了。还手表的时候，刘征觉得非常抱歉，李阿龄却爽朗地笑了起来："没关系，没关系。"那笑声驱散了刘征脸上的愁云。他们热烈地交谈起来，发现许多共同语言……

这部《青年游击队》，后来就成了他们定情的美好记忆。50年后，金婚之年。满头白发的李阿龄老师用电脑制作了六幅记录他们的生活记忆的彩色图画，悄悄放在刘征老师的书桌上。其中的第一幅描绘的就是他们去观看《青年游击队》的路上，在北海桥头小伫的甜蜜初恋。刘征老师很快为图片配写了一首绝句《初恋》，深情回忆道：

"五十年代初，我写的剧本《青年游击队》上演，那天傍晚，我们同去看演出。途中在北海公园内桥头小伫，一时情景，拟以明月生香，彩云凝睇。北海桥边花满枝，此情如梦亦如诗。窥人帷有黄昏月，杨柳梢头初上时。"

三

刘征和李阿龄在一起谈心的时候渐渐多了起来，他们开始偷偷恋爱。刘征贪吃，所以他们经常一起到附近的小饭馆里去"吃小馆"。刘征说："不馋未必真豪杰，贪嘴为何不丈夫。"焦溜肉片和家常饼，是他们当时最喜欢的饭菜。李阿龄饭量小，而且只要是刘征喜欢吃的菜，她一定会说"不爱吃"，让刘征吃个够。有时候发了工资，他们还会去西单的古今面包坊和"又一顺"饭馆去打打牙祭。

除了共饭，他们恋爱的另一个"节目"就是"共步"——也就是一起散步。为了避开学校里的学生们，他们一起散步的时候就找比较偏僻的小胡同钻。有一次，他们越谈越投机，在学校旁边的一条胡同里来回兜起了圈子。他们当时的装束，本就和普通工农群众不同的，而且出来约会，两个人穿得更要好一些。再加上他们专捡黑暗的地方走，在当时那种特殊年代，就显得十分可疑了。北京八中所在的府右街靠近中南海，周围人们的警惕性是很高的。终于在他们再次转到胡同中间的时候，有关部门的同志把他们给截住了，并且被分开审问。刘征老实，承认二人正在谈恋爱。李阿龄羞涩，只承认二人是同事关系。因为两人交待的情况不一样，"特务"的嫌疑就更大了。直到打电话给学校领导证实，才算把他们放走。而他们谈恋爱的消息，也就这样戏剧性地在校园里公开传播了开来。

　　1952年6月7日上午，李阿龄上了4节课，到了下午，就换上一身崭新的列宁服，赶到长安街上的同春园饭店，出席她和刘征的婚礼。校长朱学（后曾做北京师范大学教务长）作为他们的主婚人和证婚人早早赶来了。刘征的父亲和李阿龄的母亲也早早到了。学校的同事们也赶来了，不少同学听到消息竟也热热闹闹地赶了过来。刘征花20元钱，买来糖果和少见的枇杷招待大家，随后所有来宾一起唱起祝福歌，为刘征和李阿龄举行了一个隆重简朴的结婚仪式。

　　晚上刘征和李阿龄还浪漫了一回：雇用一辆三轮车从家里拉来新婚的被褥，一起住进了长安饭店，并在长安饭店设宴答谢证婚人和双方家长。

　　在那个年代里，这样的婚礼可是很别致的。

　　婚后，他们的生活俭朴、奋发向上。刘征此时早已调入人民教育出版社，在编写语文教材的工作中，取得很好的成绩，并被提升为编辑室主任。他工作之余还从事文学创作，主要写寓言诗，成绩很突出。李阿龄也多次受到学校、区、市的嘉奖，还被评为北京市先进教育工作者，并被提为八中的教育处主任，简称教导主任。她受到校长朱学委派，还直接去郭沫若先生的家里，邀请郭老为北京八中题写校名，郭老一口就答应了。李阿龄老师去郭老在西四大院胡同的家里去取字时，郭老拿出事先写好的十几幅字，让李老师从中挑出一幅带回。这就是一直沿用至今的北京八中校牌的题字来历。

　　李阿龄老师当时梳着两条大辫子，教生物也教政治，教学习更教做人，她特别重视同学们的政治思想的成长，注重学生们的品德培养。她带领的北京八中60届高三（1）班，被称为"一面德智体美劳全面发展的旗帜",并在1960年初被评为北京市优秀班集体。为支农,他们曾在清河帮农民抢收小麦,也曾在郭公庄村用芦苇帘子搭起的育秧池边彻夜守护。寒假里,他们曾在十三陵水库工地参加义务劳动,还曾在新年钟声敲响之后帮环卫工人去清扫长安街。每逢迎接国宾,他们班同学总是站在队伍的最前列。迎接志愿军回国、第一届全运会的团体操表演,还有每年国庆的游行方阵,都有他们班同学们的身影……60届高三(1)班的同学们品学兼优,后来全都考入了大学。李阿龄老师作为这个班的班主任,荣获"全国三八红旗手"称号,成为班主任工作研究的先进典型。

40年之后,这个班的同学再次与李阿龄老师相会,刘征先生专门为他们写了一首诗:"经风经雨四十年,海波不滓月长圆,人间自有真情在,请看八中这一班。"当年的老学生们则在诗中深情写道:"怎能忘,李老师娇弱的身影;怎能忘,她对每个同学,亲如姐弟,情意绵绵;怎能忘,她为班级工作,放弃了一切家务;怎能忘,她为更多地和学生接近,每天和我们同灶吃饭。正是在她的精心培育下,才有了值得骄傲的高三(1)班……"

李阿龄热爱学生,热爱教学,工作热情非常高。有一次,她在带领学生参加绿化校园活动时受到朱校长的批评,好强的李老师立刻就带着本班同学直奔大兴,连夜去买树苗运回了学校。因为回来很晚,朱校长心里不放心,一直在学校等着她们,见面后也舍不得再批评,就赶紧安排人给她们做面条进行慰问。还有一次,李阿龄老师被苏联专家选为新教学法的示范教师,可是临近全市观摩课前,她口中长了口疮,产生了畏难情绪。朱校长知道后一面鼓励她,一面派人紧急找药,终于为她治好了病,使她成功完成了示范课,还受到苏联专家的盛赞。

正当李阿龄鼓足干劲工作的时候，却没想到会受到某些人的妒忌和眼红，甚至对她进行人身攻击，手段之一就是写匿名信造谣，说她有作风问题，还把信寄给刘征。刘征立即判断这是诬陷，把信交给李阿龄，要她迅速向组织汇报。他们间的感情不仅没有丝毫动摇，反而更加关爱、更加体贴。

直到进入新世纪初年，这件事才终于得到了澄清：那个被人以入团等条件利诱写匿名信的学生，经受了30多年的内疚，最后在病危前找到他在校时的班主任，说明这件事的前前后后，并要找李阿龄老师致歉，求得宽恕。通过这件事，刘征夫妇体会到：彼此坚如磐石的信任，不仅可以排除外界的干扰，而且是一种推动双方积极奋进的动力。

四

1966年那个特殊的日子里，刘征夫妇同时遭难变成"一对黑"。本来温馨的家却成了惊涛骇浪中的漏船，先后4次被抄家。劳改、批斗，各种磨难都经历过了，多次惨遭凌辱。

刘征最早曾给《文艺报》《中国青年》等报刊写过一些寓言诗，还曾应作家出版社之约编了一个集子。不巧赶上了反右运动，集子没有出成。他又寄往上海一家出版社，很快又被退了回来，而且编辑还在退稿信中警告他："你要注意，集子里边有许多右派言论。"回首往事，刘征说："真该感谢这几位好心的编辑。他们并没有拿这些东西作证据去上纲上线，才使我躲过了一劫。"不过，后来他还是被下放劳动了一年，领导找他谈话说："以后要改造自己的片面性。"

刘征写作寓言诗开始于六十年代初。1963年起他在《诗刊》发表的《海燕戒》《天鸡戒》《山泉戒》《老虎贴告示》等名篇至今被人传诵。但是不久，刘征就因寓言诗而遭逢厄运。在横扫一切的年代里，他为寓言诗吃尽了苦头。刘征说："当时批我的第一张大字报贴在清华大学。"在罗列的20多条"罪行"里，写"黑诗反党"最让他惊心动魄。刘征知道，寓言诗最容易上纲，也最说不清楚。那时候，甚至连给他的寓言诗写过评论的臧克家也受到牵累，被称为臧克家的一条罪行。有一次，造反派勒令刘征这些黑编辑将用黑爪子写的黑货通通交出来。刘征留了一个心眼：这样我的罪过不是更重了吗？于是，他选了一个月黑风高之夜，悄悄将自己的那些寓言诗稿本拴上石头，沉入了故宫后面的护城河。后来，派仗哄起，"热点"转移，造反派查不出刘征新的罪证，他居然因此又逃过一劫。

刘征回忆说："当时出版社斗争虽然残酷，但还没有触及皮肉。我老伴受冲击更大，多次被打得皮开肉绽，险些送掉老命。"李阿龄因为是重点校的教导主任，各种罪名更是繁多。1966年8月的一次批斗大会上，李阿龄被打得皮开肉绽，深夜回家，带血的衬衫粘在身上都脱不下来。李阿龄说："真不想活了。"刘征一边为她擦洗，一边安慰她"一定要活下去，总会弄明白"。这次批斗大会之后的第三天清晨，时任八中党支部书记的华锦老师就在被监禁的教室里上吊身亡，年仅52岁……

一位北京八中的老学生，在网上看到几张八中老师在那段特殊岁月里被批斗的照片后深受震动，称"那是一段不堪回首，但要终身面对的日子"，于是他和老校友们一同发起一场向被伤害过的老师道歉的活动。这位学生是一位元帅的儿子,其特殊身份使得这次道歉格外引人注目,当年媒体多有报道。

在北京八中附近一家茶社举行的道歉会之前,元帅之子专程赴李阿玲老师在海淀老年公寓的住所,当面表达了作为学生的歉意。2013年10月15日《中国青年报》"冰点特稿"中刊有一幅纪实照片,图片说明就是他们"看望当年挨过批斗的北京八中教育处主任李阿玲"的现场情景。报道文章中写道:"李阿玲似乎已经知道他们的来意。那一天,86岁的她很早就站在公寓门口等待自己的学生们。'不要提道歉的事情,不怪你们。'"满头银发的李阿玲给那位老学生拉来一把椅子,让他坐在自己的对面。报道中说,"李老师对道歉看得很淡,也很宽容"。相比于特殊岁月中承受过的苦难,她似乎更愿意回忆那些人性中的温暖。8年后的今天重读这样的描述,仍然可以想见李老师那宽和慈爱的真挚笑容。

尽管吃了不少苦,但好在刘征和李阿龄两个人互相扶持,终于熬了过来。刘征说:"那时我曾下定决心,从此焚笔裂砚,不留一字在人间。"但是粉碎"四人帮"以后,很快他就把自己的禁忌丢在了脑后,自行揭去五行山的符咒,翻身站起,写下了新时期的第一篇寓言诗《鸱鸮的下场》,从此一发而不可收,《春风燕语》《烤天鹅的故事》《铁牛和蚊子》《花神和雨神》《三面镜子》等等名篇佳什如"奔泉泻涧,欲罢不能",成为刘征寓言诗创作的又一个高潮期。

新时期以来,刘征长期担任人民教育出版社副总编辑等职,并主持了新时期第一套语文课本的编辑工作。他关于语文教学要与生活相联系、要走向生活的教育思想泽溉杏坛,影响颇大。与此同时,他的寓言诗、旧体诗和杂文、随笔也多次获全国性奖项。《过万重山漫想》《庄周买水》等如今已是语文课本里的精品。李阿龄也得到平反，先后在北京人定湖学校、北京八中等名校工作。

1978年3月，刘征老师写了一首《临江仙·北海公园重新开放，园中散步》："十年不见湖光好，重来恰是新晴。旧时杨柳笑相迎。经寒枝更健，破雪叶还青。 歌喉久似冰泉涩，今如春鸟声声。我心应胜柳多情。满湖都是酒，不够醉春风。"从中可以想见他欢快的心声。他们当时所居的人民教育出版社宿舍在景山东侧，离北海公园很近，不知写作这首名词时，李阿龄老师是否和他一路同行。刘老师词中没有明写，笔者小子不敢臆测。但刘征老师同期还有一首游览刚开放不久的中山公园的作品，直接写明是赠给李阿龄老师的。这首诗就是《小饮来今雨轩，赠阿龄》："暂抛世事千端虑，来访名园三月春。褪柳辰光参冷暖，酿花天气半晴阴。初莺尚涩枝头语，浅草微流梦里痕。三十年来甘苦共，明轩小盏对知音。"这里平平淡淡的三字"甘苦共"，确实是蕴藏了万千情啊！

五

20世纪90年代双双离休之后，他们的生活更加丰富多彩了。李阿龄在69岁的时候，还特意学会了电脑打字，刘征每有新作，都由李阿龄打印出来。朋友们戏称他们开了间小小的诗文作坊。350多万字的《刘征文集》，还有《怪味集》《奔腾草》《蓟轩词注》以及研究刘征的宝贵资料《论刘征》等等著作，就是李阿龄受刘征委托，在这小作坊里苦心搜集、精心编选而成的。

刘征老师在《互助》一诗的序言中深情写道："近年伊学会使

用电脑了。我高度近视，伊为我打印诗文，既雪中送炭，又锦上添花。老有所乐，乐在忙中。我们仍如马未解鞍，没有离退的感觉。书斋蓟轩，不亚于一个小小的诗文作坊。"这首《互助》诗更是晚年爱情生活的深情写照："伊能电脑打文章，我草新篇短复长。老骥何曾真伏枥，蓟轩浑似小作坊。" 在《刘征文集》的续集后记中，李阿龄老师自豪地写道："他身体很好，写作热情不仅不减，反而诗兴更浓……我们虽已进入高龄，但这种独特的养老方式还要继续下去。"

旁人都知道刘征老师爱好书法，常常有人来家中向刘老师求字。而旁人不知道的是，其实李阿龄老师也能写一手秀丽典雅的小楷书法。每当刘老师铺开宣纸写字，李老师必在旁边展纸调墨，遇到精彩的地方，还会开言表扬表扬老伴。有时候刘老师在前面写一幅行书，李老师在后边写几笔小楷，宛然珠联璧合、相映成趣。

除了书法，他们晚年生活中还有一项不得不说的重头的"文娱活动"，就是跳舞。他们爱跳的不是常见的老年舞，而是非常时髦的交谊舞，舞姿还练得特别优雅。年轻的时候，刘征是跳舞的反对派。自己不跳，也不爱看别人跳。特别是新婚不久的妻子跟别人跳，更是反感。李阿龄虽然有意见，但后来也不出去"蹦擦擦"了。可是他们离开工作岗位之后，随着大气候变暖，老年跳舞风靡京城。李老师又率先"下海"了。先是迪斯科，后是交谊舞。天天是必修课，雷打不动。刘征虽有腹诽，也只好识时务者为俊杰了。李老师劝降："一起去公园吧，早晨空气多好。""停不下笔，正写到兴头上。"刘征推三阻四，意在"保持晚节"。偶尔被强拉去公园，也仅限于作壁上观。直到有一次，遇到一件事，改变了刘征的偏见——

他们结伴游三峡，泊船巫山镇，船舷离码头两三丈远，用狭长的跳板连通。李老师不小心，在跳板上跌了一跤，凭着她跳舞练就的机敏应变能力，居然双手扑在了跳板上，而没有扑向下面四五丈深的滔滔江水。刘征大惊失色之余，对跳舞的功用也有了"正确"的认识，欣幸之余作诗一首："一跌讶有飞天技，妙舞曾饶步锦姿。偕步生途叹回首，几番屡险化夷时。"这以后，刘征服了，而且终于"与民同乐"起来了。据说后来居然也艺低人胆大，只要音乐一响舞步立刻随之，颇不怯场，最喜爱的是华尔兹。

六

刘征69岁那年，按老习惯庆九。一家子都向他祝寿。李老师想给他一个大惊喜，终于得到一位著名藏砚家之助，不惜重金买到一块极好的端砚作寿礼。砚珍情珍，刘征命名为"双珍砚"，并特意作诗一首，其中有"眼前白发相依日，心底红颜热吻时"这样情浓意浓的句子。

到了第二年，老伴69岁，刘征南游秦淮河畔，购得雨花奇石一枚回赠老伴。凡是刘征所爱，李老师从不阻拦，而且总是"煽风点火"，鼓励有加。就是偶然吸烟喝酒，老伴也是含笑点头。刘征有时买东西（比如在潘家园买"文物"）上了当，也有心疼那些钱的时候，此时李老师就告诉他，不要紧，是"刘征小金库"的钱。原来，李阿龄老师特意为他准备了一个皮包，上写"刘征小金库"的字样。只要刘征来了稿费，就放到这里面，作为家庭意外收入。花这些钱，上了当，不用心疼。

有一回他们在地摊上见到一个笔筒，摆摊的老人说是紫檀木的，拿在手里果然是沉甸甸的。摆摊老人还从桶底刮下一些木屑，沾以白酒，那酒立刻成为红色的了，老人说这是鉴定紫檀的绝招。刘征老两口就信了。寸檀寸金，而这个笔筒售价不高，于是高高兴兴买回家去。到家仔细一看，发现筒上有些尘土，就浸在清水里去洗，结果洗着洗着，水渐成红色，笔筒却渐露白斑，显然是假的。遇到这种情况，他们不是互相埋怨，而是哈哈一乐，当作一次玩笑，而且还从中学到了知识。下次他们就又快乐地结伴"上当"去了。

他们的退休生活，还有一大乐趣，就是结伴外出旅游。现在有了时间和财力，他们先后游览了德国、丹麦、挪威、瑞典、芬兰、俄罗斯等许多国家，开了眼界，也增长了许多知识。二人相互搀扶，妇唱夫随，其乐融融。当然偶尔也有妇唱夫不随的时候，比如逛商场。老太太爱逛，老先生不爱逛。老太太起初每逢要逛商场，还要特意为老先生携一本书，把他安排在咖啡厅，替他叫一盏咖啡，让他看书消磨时光，老太太自己好安心去逛。可是后来，老先生却颇有了些上当的感觉，因为老太太一逛就是两个多钟头，老先生等得颇不耐烦，而且还不能动地方，怕一会儿老太太回来找不到他着急。苦不堪言的老先生后来终于想起一个办法，就是破坏老太太的情绪。只要她看上的商品，老先生一概否定。久而久之，老太太也就不再约老先生携手共逛了。说起这些甜蜜的琐碎往事，就像看着两个幽默率真的老小孩的幸福写照。正如刘老师在诗里所言："依然舞文墨，人老心尚婴。"

近年来，刘老师因为摔跤造成的骨折，只能依靠轮椅和助步器活动了。而李阿龄老师大概是因为跳舞锻炼的缘故，腿脚没有大毛病，所以日常生活中需要跑腿的地方，都是李老师在忙活。由于她占据了腿脚上的天然优势，所以接电话的任务也就全都交给了她。遗憾的是李老师的听力衰退了，她接起来电话以后听不清对方讲话，只好再交给耳力尚好的刘老师来听电话里说的是怎么回事情。两位老人就这样相依相助、快乐生活，每天接个电话也像演一出小喜剧。不过，李老师腿脚虽好，但毕竟也是年过九旬的老人了，前几个月她听到铃响心里一急，走得快了些，结果脚下一滑，不小心栽了一跤，额头直接碰在茶几角上，流了好多血，缝了好几针。可是刘老师行动不便，最后还是老太太自己挪到电话旁边，按铃叫来服务员帮助送到医院。说起这些，老太太很为自己的英勇行为自豪，刘征老师则心疼得连语调都哽咽起来……

2020年1月，李阿龄老师自告奋勇，为刘老师编辑了一部名为《刘征翰墨》的书法集，交由西泠印社出版。书印出来之后，李老师特别给我打来一个电话，表示慷慨赠送《中华诗词》杂志社100部。这部厚重的著作的第一页，是刘征老师和李阿龄老师互相切磋书法的一张合影；第二页，就是刘征老师写的一首情诗《赠阿玲》："乘桴犹记云涛险，失水宁忘濡沫艰！北海桥头柳梢月，无风无雨祝长圆。"后边还特意写上"阿玲一笑，征诒"。两位九旬老人，就是这样"大鸣大放"地秀起了跨越七十年的恩爱。

李阿龄老师喜爱弹筝。刘征老师一诗作罢，李阿龄老师往往一曲相伴。老诗人刘章曾经赠诗调侃："仄仄平平罢，悠哉听古筝。琴心织月色，素手弄江声。笔落七星出，盘敲五卷成。知音何所喻？绿水绕青峰。"这里是用绿水绕青山来比喻李阿龄老师和刘征老师的爱情。刘老师今年虚龄是96岁，李老师虚龄95岁。两位老师琴瑟相谐、音声相和，心手相牵七十年，是生命的奇迹，更是爱情的奇迹。这份深厚的甜蜜情感，这段朴素而真挚的爱情故事，是真醇的酒、不谢的花，是诗坛的美丽佳话，也是心灵深处的永远的美好芬芳。

刘征老师是个风趣而自信的老人。他曾说"八十不算老，九十也还小，活到一百岁，还要向前跑"。2003年7月，我在刘征老师和李阿龄老师的画虎居中，向他们提问："有没有不如意的时候呢？"两位老师都说："有。那就是听说某位老朋友'走了'或得了绝症的时候。"老人很重友情。他们告诉我："每次到八宝山送一次老朋友，回来就很伤心。"写到这里，我忽然非常牵挂刘征老师，期待豁达宽厚的刘老师渡过难关，健康第一，多多保重，一定要"振作"起来，"还要向前跑"啊。

2020年疫情正紧张期间，我去他们居住的养老院取一个资料。因为不能进门，老远就看见李阿龄老师隔着大门栅栏，早早等在太阳底下。想想老太太那瘦小的背影，我鼻子发酸，总有潸然泪下的感觉。

今后再去恭和苑，再也看不见那个小女孩一样满脸温馨的小老太太了，再也听不到那清澈爽朗纯真的笑声了。但是我相信，李老师并未走远。她就像一团干净的炽热的火苗，永远在心头飘动着……